Yvonne Struck

Ich, die Jungs und die Sache mit dem Coolsein

Mit Illustrationen
von Carolin Dendorfer

Boje

Dieser Titel ist auch als E-Book erschienen.

Originalausgabe

Die Bastei Lübbe AG verfolgt eine nachhaltige Buchproduktion.
Wir verwenden Papiere aus nachhaltiger Forstwirtschaft und verzichten darauf, Bücher einzeln in Folie zu verpacken, soweit dies möglich ist.
Wir stellen unsere Bücher in Deutschland und Europa (EU) her und arbeiten mit den Druckereien kontinuierlich an einer positiven Ökobilanz.

FSC www.fsc.org
MIX
Papier aus verantwortungsvollen Quellen
FSC® C014496

Dieses Werk wurde vermittelt durch die Literarische Agentur
Thomas Schlück GmbH, 30161 Hannover

Umschlaggestaltung: Tanja Østlyngen unter Verwendung von Motiven von © Roman Samborskyi/shutterstock, © VALUA STUDIO/shutterstock
Illustrationen: Carolin Dendorfer, München
Satz: Judith Knabe, Köln
Gesetzt aus der Adobe Caslon Pro
Druck und Einband: GGP Media GmbH, Pößneck

Printed in Germany
ISBN 978-3-414- 82640-4

5 4 3 2 1

Sie finden uns im Internet unter: boje-verlag.de

Tag 1

16:17 Uhr

Endlich Klassenfahrt! Auf diesen Tag habe ich so lange gewartet!

Vor dem Busfenster zieht die Autobahn vorbei, und der Petersen schnappt sich immer wieder das Mikro, um über irgendwelche Sehenswürdigkeiten in der Landschaft zu labern. Als ob Amira und ich uns für irgendetwas da draußen interessieren würden! Das Einzige, was uns interessiert, sitzt IM Bus. Wir schielen immer wieder nach hinten, Amira zu Till und ich zu Justin, die zusammen mit den anderen Coolen in der letzten Reihe sitzen. Justin sieht so verdammt süß aus mit den braunen Haaren, die ihm wuschelig in die Stirn fallen … Und dazu diese blauen Augen!

Das Problem ist bloß: Bisher beachtet er mich kein bisschen. Dabei soll es auf dieser Klassenfahrt doch endlich klappen mit uns!

Guck her, flehe ich ihn innerlich an. Guck zu mir!

Doch er starrt die ganze Zeit aus dem Fenster.

16:18 Uhr

Plötzlich dreht Justin den Kopf und guckt genau in meine Richtung. Ich glaube, mein Herz bleibt stehen!

Und jetzt fängt er auch noch an zu lächeln! Justin lächelt mir zu! Mir!!!

Mach was, Lena! Na los, lächele zurück!

Meine Mundwinkel zucken nach oben, doch im selben Augenblick sieht Justin wieder weg.

Mist, ich hab's versaut!

War mein Lächeln zu aufdringlich? Oder zu verkrampft?

16:19 Uhr

Ich sollte langsam mal wieder anfangen zu atmen!

16:20 Uhr

Warum bin ich eigentlich so panisch?

Justin hat mich angelächelt! Und das auch noch verdammt lange! Das hat doch was zu bedeuten!

Ich stoße Amira in die Seite. »Justin hat mich angelächelt«, flüstere ich.

»Echt?« Ihre Augen werden groß.

»Sag nicht, du hast das verpasst!«

»Sorry.« Sie sieht aus, als würde es ihr echt leidtun. Und das tut es auch, das weiß ich! Denn obwohl wir äußerlich so verschieden sind (ich: helle Haut und braune Haare, sie: dunkle Haut und Afro-Locken), ticken wir innerlich total gleich. Deshalb sind wir ja auch schon seit der Fünften beste Freundinnen.

Wie blöd, dass sie Justins Lächeln verpasst hat!

»Gerade eben hat er …«, beginne ich, doch plötzlich drückt Amira meine Hand.

»Lena! Er sieht schon wieder her!«

Mein Kopf fährt herum. Oh nein, das war zu auffällig, so wie Justin grinst! Hitze schießt in meine Wangen, garantiert werde ich gerade knallrot. Auch das noch!

Dann ist der Moment vorbei, und er guckt wieder aus dem Fenster.

16:21 Uhr

Amira neben mir kichert. »Wahnsinn! Der hat mit dir geflirtet!«

»Meinst du echt?«

»Na klar! Heute Abend wirst du es ja sehen!«

Heute Abend … Bis eben war ich mir ehrlich gesagt nicht ganz sicher, ob ich mich wirklich traue, unseren Plan durchzuziehen. Aber jetzt, wo Justin mich angelächelt hat … Da wäre ich ja blöd, wenn ich nicht mitmachen würde!

Heute Abend wollen wir nämlich zu den Jungs ins Zimmer schleichen. Amira setzt sich neben Till und ich mich neben Justin … Romantisches Dämmerlicht … Wir rücken immer näher an die beiden ran … Sie sehen uns tief in die Augen … Und dann kriegen wir beide hoffentlich endlich unseren ersten Kuss!

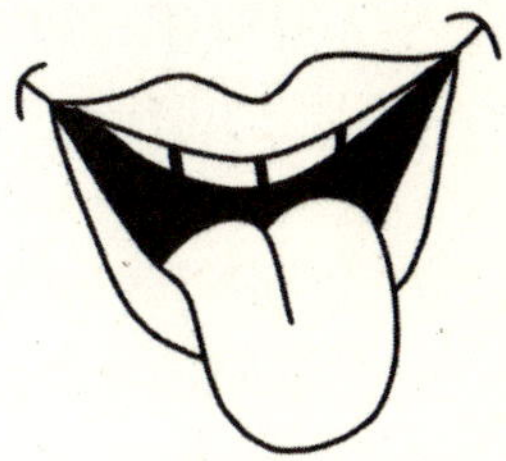

(Peinlicherweise sind Amira und ich mit vierzehn nämlich noch absolut ungeküsst. Aber nicht mehr lange!) Heute Abend … Justin und ich …

Amira stößt mich in die Seite. »Lena? Du bist doch noch dabei?«

»Na klar«, murmele ich. Und träume weiter von meinem ersten Kuss.

22:15 Uhr

Ich presse mein Ohr an die glatte, kalte Tür des Jungszimmers.

Die Zeit nach der Ankunft hat sich ewig hingezogen, erst die langweilige Ansprache von dem Jugendherbergstypen, Zimmerverteilung, Betten beziehen … Und beim Abendbrot saßen die Jungs weit weg von uns.

Aber egal, jetzt sind wir endlich hier! Nur eine Tür trennt mich von Justin!

»Und?«, flüstert Amira.

Ich lausche noch einen Moment, dann drehe ich mich zu ihr um. Ihre Handytaschenlampe ist auf die Tür gerichtet und ihr Gesicht im Schatten kaum zu erkennen.

»Nichts«, flüstere ich zurück. »Sollen wir anklopfen?«

»Anklopfen? Wir sind doch nicht die Lehrer!« Mit einem Schritt ist Amira neben mir. »Wir gehen da jetzt rein, Lena!«

Damit drückt sie die Türklinke runter.

22:16 Uhr

Die Tür ist immer noch zu. Blöderweise hat Amira vergessen, dass man zum Öffnen auch noch eine Türkarte an die Klinke halten muss, dabei hat der Typ von der Jugendherberge das vorhin ausführlich erklärt. Gleich nachdem er gesagt hat, dass die Mädchen keine »Hygieneartikel« ins Klo schmeißen sollen. Dass er damit Tampons und Binden meinte, haben wir erst kapiert, nachdem er mit knallrotem Kopf was von »speziellen Tagen im Monat« gemurmelt hatte. Oh Mann! Kein Wunder eigentlich, dass Amira gleich seine komplette Rede wieder vergessen hat.

Jedenfalls, nach der Aktion mit der Türklinke wissen die Jungs, dass jemand zu ihnen reinwill. Und zwar jemand, der KEIN Lehrer ist, denn erstens klopfen die an, und zweitens passt ihre Türkarte für alle Räume.

Ob sie uns jetzt die Tür aufmachen?

22:17 Uhr

Die Tür ist immer noch zu.

Dafür ruft eine Jungsstimme: »Lasst uns schlafen!« (Könnte Justin oder auch Till sein.)

»Wir schlafen nämlich gerade tief und fest!« (Das war garantiert Lennard.)

Und dann hört man Mädchengekicher.

Oh nein, da sind schon welche drin!

»Fabienne?«, flüstert Amira.

Ich nicke, obwohl sie das im Dunkeln wahrscheinlich gar nicht sieht. Es kann nur Fabienne sein! Ausgerechnet! Fabienne und ihre beste Freundin Nadja sind die coolsten Mädchen der Klasse und damit tausendmal cooler als Amira und ich.

Und jetzt?

»Wer ist da überhaupt?«, fragt Lennard durch die Tür.

Vielleicht sollten wir besser gar nichts sagen?

Doch Amira antwortet schon: »Hier sind Lena und Amira.«

Ich halte die Luft an. Hoffentlich war das kein Fehler!

»Was wollt ihr denn hier?« Das ist eindeutig Fabiennes Stimme. Im Super-Ironie-Modus.

Okay, es war ein Fehler! Am besten, wir verschwinden ganz schnell wieder.

»Amira …«, flüstere ich, doch sie ist schon wieder schneller.

»Warum lasst ihr uns nicht einfach rein?«, ruft sie durch die Tür.

»Weil ihr uncool seid!«, ruft Fabienne zurück.

Im Zimmer explodiert Gelächter. Fabienne gackert besonders laut.

»Rückzug«, zische ich.

»Aber …«

»Wir blamieren uns doch nur! Die lassen uns eh nicht rein!«

Amira seufzt. Aber sie kommt mit.

22:20 Uhr

Wir schleichen den dunklen Flur entlang, zurück zu unserem Zimmer.

Das war's dann wohl. Brav schlafen statt Spaß im Jungszimmer. Wie man das halt so macht als uncooles Mädchen.

Und das alles nur wegen der doofen Fabienne!

22:22 Uhr

In unserem Zimmer riecht es nach staubigem Holz, und aus dem Stockbett von Paula und Selina hört man leises Schnarchen. Die schlafen schon, war ja klar.

Im Dunkeln taste ich mich zu unserem Bett und lasse mich auf die untere Matratze fallen. Einen Moment später knarrt und wackelt es, dann raschelt es über mir. Und dann flüstert Amira von oben: »Till steht nicht auf mich. Jetzt weiß ich es wenigstens.« Sie klingt echt traurig.

»Ach Quatsch!«

»Warum hat er dann nichts gesagt?«

»Fabienne hat doch die ganze Zeit geredet«, antworte ich wenig überzeugend.

»Oh Mann, warum musste die auch sagen, dass wir uncool sind? Die haben uns ausgelacht, Lena!«

»Scheiße«, sage ich.

»Ja. Scheiße.«

22:24 Uhr

Sind Amira und ich wirklich so uncool?

Okay, wir sind nicht so cool wie Fabienne, das stimmt. Die ist immer top gestylt: perfektes Make-up, perfekte Frisur und sexy

Klamotten. Und das auch noch in der siebten Stunde, wenn ich schon total verschwitzt bin und nur nach Hause will.

Fabienne wird auch nicht knallrot, wenn ein Junge sie ansieht, oder stottert rum, wenn sie angesprochen wird. Stattdessen bringt sie noch einen coolen Spruch.

Damit ist sie das genaue Gegenteil von mir.

»Du hast recht, Amira«, murmele ich. »Wir sind uncool.«

»Sag ich ja!«

Wir seufzen.

»Aber Justin hat mich vorhin im Bus eindeutig angelächelt«, sage ich. »Und das heißt doch was! Oder?«

Amira schweigt. Dann fragt sie: »Glaubst du ehrlich, wir haben gegen Fabienne eine Chance?«

Wir seufzen noch einmal.

»Es gibt nur eine Lösung«, sagt Amira dann. »Wir müssen auch cool werden.«

»Haha. Guter Witz.«

»Nein, im Ernst, wir müssen …«

»Ruhe!«, meckert da Paulas Stimme aus der anderen Ecke des Zimmers. »Ich will schlafen!«

Oh Mann, die ist echt so eine Streberin!

22:26 Uhr

Das Bett raschelt und wackelt, und dann schiebt Amira sich neben mich auf die Matratze.

»Irgendwie müssen wir es schaffen, cool zu werden«, flüstert sie mir ins Ohr. »Sonst wird das nie was mit Till und Justin!«

»Und wie soll das gehen?«

»Na ja … Die Frage ist doch: Was ist eigentlich so cool an Fabienne und Nadja?«

»Alles«, sage ich. »Sie sehen super aus, sie haben immer eine coole Antwort …«

»Warte mal!« Amira wedelt mit ihrem Handy. »Wir schreiben eine Liste! Dann wissen wir wenigstens, was wir anders machen müssen.«

»Ich weiß nicht«, sage ich.

»Jetzt komm schon, Lena! Oder willst du Justin etwa Fabienne überlassen?«

»Nein! Natürlich nicht!«

22:38 Uhr

Liste von Amira und Lena, um cool zu werden:

Punkt eins: Cool aussehen. (Stichwort: Haare, Make-up, Klamotten ... einfach alles! Seufz ...)

Punkt zwei: Immer eine coole Antwort haben! (Kein Rumstottern und Rotwerden mehr ...)

Punkt drei: Sich immer cool benehmen! (Siehe Punkt zwei.)

Punkt vier: Nicht mit uncoolen Leuten reden! (Davon gibt es in unserer Klasse leider viel zu viele! Und zwei davon schlafen mit uns in einem Zimmer. Noch mal seufz.)

Punkt fünf: Zu den Coolen gehören! (Yeah!)

Wenn wir irgendwann einmal Punkt fünf abhaken können, haben wir es geschafft. So in einer Milliarde Jahren oder so.

Tag 2

7:20 Uhr

Ich werde durch ein komisches Geräusch geweckt. Das klingt wie … Oh nein! Fabienne gackert schon wieder, genau wie gestern Abend!

Moment mal, wie kommt die in unser Zimmer?

Ich reiße schlagartig die Augen auf, doch Fabienne ist nirgendwo zu sehen. Dafür steht Paula vor ihrem Stockbett. Sie trägt einen Donald-Duck-Pyjama. Wie alt ist die? Fünf?

Und wieso gackert es immer noch? Eigentlich klingt das auch gar nicht wie Fabienne, mehr nach Ente oder so …

»Mach mal den bescheuerten Wecker aus«, schimpft Amira über mir.

»Das ist ein Wecker?«, stöhne ich.

Mit zwei Schritten ist Paula neben mir und hält mir ihr Handy vors Gesicht. »Donald Duck!«, sagt sie strahlend. »Cool, was?«

Als Antwort ziehe ich mir das Kissen über den Kopf.

Aber selbst so höre ich ihre nervige Stimme noch sagen: »Davon krieg ich morgens gleich gute Laune!«

ICH NICHT!!!

7:21 Uhr

Das Gackern hat aufgehört. Aber als ich vorsichtig unter dem Kissen rauslinse, steht Paula immer noch vor meinem Bett.

»Wusstet ihr, dass es hinter der Jugendherberge auch einen Teich mit Enten gibt?«

»Oh, Enten. Toll.« Amiras Stimme trieft vor Ironie.

»Ich liebe Enten! Du nicht?«, fragt Paula.

Amira schnaubt nur. Und ich auch unter dem Kissen. Was soll an einem Ententeich bitte toll sein? Der ist doch nur dafür da, dass alte Omas mit ihrem Rollator drum herumschleichen.

»Es gibt da auch Ziegen«, mischt sich jetzt Selina ein. »Und Kaninchen! Die kann man sogar streicheln!«

Kaninchen? Plötzlich muss ich an Mümmelchen denken, mein Kaninchen zu Hause. Mein kleiner Bruder Moritz hat versprochen, ihn gut zu versorgen. Hoffentlich macht er das auch wirklich!

7:23 Uhr

Durch den Spalt unter dem Kissen sehe ich, wie die Hinterteile von Paula und Selina aus der Tür wackeln. Dann kann ich ja wieder auftauchen.

7:24 Uhr

Amiras Füße und Beine erscheinen auf der Leiter und dann nach und nach der Rest von ihr. »Ein Streichelzoo für Grundschulkinder! Total kindisch, oder?«

Ich zucke mit den Schultern. Die Kaninchen würde ich schon gerne sehen, aber das sage ich lieber nicht laut. Jetzt, wo wir gerade cool werden wollen!

Amira kramt in ihrem Rucksack. »Kommst du mit duschen?«

Ich verziehe das Gesicht. Duschen heißt aufstehen. Ich hasse aufstehen!

Amira dreht sich mit der Kulturtasche in der Hand zu mir um. »Komm schon! Denk an unseren Plan!«

Okay, ungeduscht und schlafmuffelig zum Frühstück zu gehen ist eindeutig uncool. Stöhnend stehe ich auf, suche mein Duschzeug zusammen und schleiche hinter Amira her.

7:28 Uhr

Amira hat die letzte freie Dusche gekriegt, und ich muss warten.

Die gute Nachricht ist, dass die Duschen von hier aus ganz okay aussehen.

Die schlechte: Vor den Spiegeln im Vorraum und damit direkt neben mir stehen Fabienne und Nadja. Ausgerechnet! Fabienne massiert sich gerade irgendein Zeug in die Spitzen, während Nadja kopfüber ihre Haare föhnt und irgendwas Kompliziertes mit einer Bürste macht. Und auf der Ablage vor ihnen ist eine ganze Palette von Stylingprodukten aufgereiht.

Hm, vielleicht doch gar nicht so schlecht, dass ich hier stehe … Ich sage nur: Punkt eins auf unserer Liste! (Wer cool sein will, muss cool aussehen.)

So unauffällig wie möglich schiebe ich mich näher heran und versuche, die Schrift auf den Spraydosen, Tiegeln und Tuben zu entziffern. Hitzeschutzspray, Haaröl, Anti-Frizz, Haarwachs, Haarspray, Moisture Cream for daily Use, Wonder-Teint-Foundation und (noch geschlossen) ein riesiger silberner Make-up-Koffer …

»Was glotzt du so?« Fabienne sieht mich misstrauisch an. Unter ihren Augen klebt eine türkis leuchtende Augenmaske.

»Äh … nichts«, stammele ich.

»Das sah aber gerade anders aus!«

»Ähm … Ich …« Warum fällt mir nie eine coole Antwort ein? (Punkt zwei auf der Liste, Lena! Denk an Punkt zwei!)

Fabienne starrt mich immer noch an, und meine Wangen werden immer heißer.

7:30 Uhr

Ein Duschvorhang rattert zur Seite. Das ist die Rettung, nichts wie hin!

Ich flitze los, aber die Fliesen sind total nass, und meine Füße rutschen weg. Ich rudere mit den Armen, jetzt bloß nicht hinfallen!!! Stattdessen schliddere ich direkt in die Arme von Paula, die gerade mit umgewickeltem Handtuch aus der Dusche kommt.

»Holla!«, ruft sie. »Willst du kuscheln, oder was?«

Wenn Blicke töten könnten, müsste der Typ von der Jugendherberge jetzt einen Leichenwagen rufen!

Fabiennes und Nadjas Gackern hallt von den Wänden. Okay, drei Leichenwagen!

Aber da ich leider keine Superheldin mit Laserblick bin, sondern nur eine Vierzehnjährige mit knallroter Birne, schiebe ich stattdessen Paula beiseite und ziehe laut ratternd den Duschvorhang hinter mir zu.

(So viel zu Punkt drei: Sich immer cool benehmen. Oh Mann!)

7:41 Uhr

Fertig mit Duschen. Ob Fabienne und Nadja immer noch im Vorraum sind?

Ich sammle meine zwei armseligen Stylingprodukte (Duschgel und Shampoo) wieder ein und ziehe so leise wie möglich den Duschvorhang zur Seite.

7:42 Uhr

Sie sind noch da, und zwischen ihnen steht jetzt der geöffnete Make-up-Koffer. Fabienne tuscht sich gerade die Wimpern, und Nadja trägt Lippenstift auf ihren Kussmund auf. Beide starren angestrengt in den Spiegel und scheinen zum Glück nicht zu bemerken, dass hinter ihnen ein Mädchen mit Handtuchkleid und nassen, verfilzten Haaren auftaucht. (Ich.)

Schnell raus hier!

7:43 Uhr

Aber nicht zu schnell. (Ich will ja nicht wieder ausrutschen!)

7:44 Uhr

Zurück im Zimmer. Amira steht vor dem Waschbecken und putzt sich die Zähne. Paula und Selina sind zum Glück nirgendwo zu sehen.

Ob die beiden vor dem Frühstück noch mal zu den Kaninchen gegangen sind?

»Wsch hscht d db?«, fragt Amira mit Zahnbürste im Mund.

»Was?«

Sie spuckt Zahnpasta ins Becken und spült sich den Mund aus.

»Was hast du dabei?«, fragt sie. »An Stylingzeug, meine ich.«

»Nicht viel«, gestehe ich.

Ein Kulturtaschenvergleich ergibt: Zusammen besitzen wir einen Kamm und eine Bürste, je zweimal Duschgel, Shampoo,

Seife und Deo, Volumenschaum (ich) und Glättungscreme (Amira), zwei Pickel-Abdeckstifte (einen hellen von mir, einen dunklen von Amira), eine schwarze Wimperntusche (von Amira, schon ziemlich eingetrocknet) und zwei Labellos (einmal Kirsche, einmal Orange). Wohl kaum das richtige Equipment, um stylingmäßig mit Fabienne und Nadja mitzuhalten.

»Hast du gesehen, was Fabienne und Nadja im Duschraum alles dabeihatten?«, frage ich.

Amira schüttelt den Kopf. »Ich bin schnell an denen vorbeigegangen. Was hatten die denn so?«

»Die hatten einfach alles«, sage ich. Wir sehen uns an und seufzen.

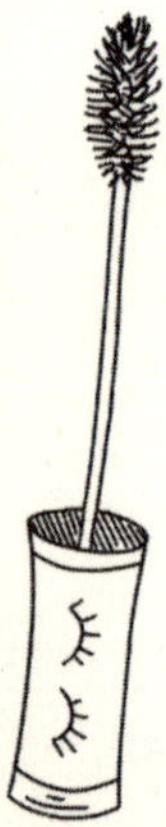

7:50 Uhr

Wir haben das Letzte aus dem Krümel-Mascara herausgeholt und den Labello so dick aufgetragen, dass unsere Lippen glänzen. Jetzt wollen wir uns schicke Frisuren machen. Nachdem unsere Cool-Liste gestern Abend fertig war, haben wir nämlich noch die halbe Nacht Stylingvideos auf Amiras Handy geguckt.

7:58 Uhr

Wir haben versucht, uns die Haare hochzustecken, aber irgendwie sah das in den Videos tausendmal besser aus! Meine Hochsteckfrisur löst sich jetzt schon wieder auf und hängt nur noch auf halber Höhe, und Amiras schwarze Locken stehen krisselig-wild in alle Richtungen ab. Nur leider nicht auf so coole Art wie die Afro-Locken bei der Frau in dem Video – es sieht eher aus, als hätte Amira in die Steckdose gefasst.

Wir sehen uns an und seufzen. Dann ziehen wir die Haargummis und Spangen wieder aus unseren Haaren.

So viel zu Punkt eins auf der Liste …

8:02 Uhr

Wir sind superpünktlich beim Frühstück, aber von den Jungs ist noch nichts zu sehen. Dafür sind Selina und Paula schon da. Sie sitzen alleine an einem Tisch und winken wie wild zu uns herüber.

»Nicht hinsehen«, zischt Amira und steuert mich in Richtung Büffet. Als ob ich mich zu den Streberinnen setzen würde! Punkt vier auf der Liste ist schließlich: Nicht mit uncoolen Leuten reden.

8:03 Uhr

Das Frühstücksbüffet sieht echt lecker aus, und wir laden uns die Teller voll. Ob ich auch noch Müsli nehmen soll? Ich hab morgens immer einen Bärenhunger!

8:04 Uhr

Amiras Ellenbogen pikst mich so plötzlich in die Seite, dass ich fast den Milchkrug fallen lasse. »Da sind sie!«

»Was? Wo?«

»Nicht hinsehen! Denk an Punkt drei! Immer cool benehmen!« Amira zieht mich hinter das riesige Gestrüpp aus Trockenblumen, das aus irgendeinem Grund mitten auf dem Frühstücksbüffet steht. Sich hinter Blumen zu verstecken ist also cooles Benehmen? Ich weiß ja nicht …

»Da drüben«, flüstert Amira, »am Tisch neben Paula und Selina.«

Ich linse vorsichtig zwischen zwei schrumpeligen Blüten hindurch. Tatsächlich, dahinten sitzen die Jungs!

Und jetzt? Sollen wir uns dazusetzen? Neben Justin ist noch ein Stuhl frei. Aber eben nur einer.

Ob man auch zu fünft an einem Tisch sitzen darf?

8:05 Uhr

»Lennard! Justin! Ti-ill!«, flötet es plötzlich von hinten.

»Scheiße«, flüstert Amira, und im selben Moment schweben Fabienne und Nadja in einer Wolke aus Parfüm an uns vorbei. Sie sehen fantastisch aus, so als kämen sie gerade von einem Fotoshooting. Und sie steuern direkt den Tisch der Jungs an.

8:06 Uhr

Anscheinend darf man zu fünft an einem Tisch sitzen. Also nicht dass Fabienne und Nadja die Lehrer oder irgendwen von der Jugendherberge gefragt hätten. Sie haben es einfach gemacht.

Jetzt textet Fabienne Justin und Lennard voll, und Nadja säuselt Till irgendwas ins Ohr.

Amira neben mir sieht aus, als würde sie gleich explodieren.

Also genau so, wie ich mich fühle.

WARUM haben wir die Jungs nicht als Erste angesprochen?

Das Problem ist: Allein bei dem Gedanken, ganz cool zu Justin hinzuschlendern und ihn anzusprechen (oder sich womöglich einfach dazuzusetzen!), wird mir abwechselnd heiß und kalt. So viel zu Punkt drei. Und zu allen anderen Punkten auf der Liste.

8:07 Uhr

Wir gehen gaaanz langsam am Tisch der Jungs vorbei, aber keiner beachtet uns. Justin sieht so gut aus in seinem engen T-Shirt …

Fabienne zieht die perfekt geschminkten Augenbrauen hoch. Schnell weitergehen, bevor die noch einen blöden Spruch bringt!

8:08 Uhr

Wir setzen uns an den letzten freien Tisch ganz hinten in der Ecke.

Herr Petersen und Frau Klein am Nachbartisch lächeln zu uns

rüber. »Guten Appetit!«, nuschelt Herr Petersen mit vollem Mund. Auf seiner Wange klebt ein fetter Krümel.

»Danke, gleichfalls«, antwortet Amira mit falschem Lächeln, während ich mich hinter meiner Teetasse verstecke. (Gilt Punkt vier – nicht mit uncoolen Leuten reden – eigentlich auch für Lehrer?)

8:09 Uhr

Die zwei Stühle am Tisch von Paula und Selina sind inzwischen auch besetzt. Mit Simon und Kai, den beiden Klassennerds. Na super, alle Mädels der Klasse sitzen mit Jungs an einem Tisch, nur wir nicht! Wir sitzen quasi bei den Lehrern auf dem Schoß.

Also nicht dass ich mit Kai und Simon zusammensitzen will! Kai ist klein, blass und pickelig, und Simon trägt ein T-Shirt mit der Aufschrift: »Ich bin kein Klugscheißer. Ich weiß es wirklich besser!« Das sagt ja wohl alles.

Aber trotzdem: Es muss sich dringend was ändern bei Amira und mir!

8:45 Uhr

Es geht los! Nur womit, ist nicht ganz klar. Es regnet in Strömen, und die Klasse drängelt sich unter dem Vordach der Jugendherberge. Die am Rand fluchen, weil entweder eine Schulter oder ihr Hintern nass wird. In meinem Fall beides, weil ich genau an der Ecke stehe. Und Herr Petersen und Frau Klein stecken unter einem riesigen Regenschirm die Köpfe zusammen.

8:46 Uhr

»Alle wieder rein! Zurück in die Lobby!« Frau Klein macht Handbewegungen, als wollte sie Hühner vor sich her scheuchen.

Schieben, drängeln, quetschen. Dann sind wir wieder drin. Neben dem Rezeptionstresen, wo man die Schlüsselkarten, Postkarten, Süßigkeiten und so was kriegt, gibt es hier auch eine Chill-Ecke mit fünf orangen Sitzsäcken. Die sind aber leider schon besetzt, als Amira und ich endlich reinkommen, und zwar mit Justin, Till, Lennard und leider auch Fabienne und Nadja.

Justin sagt irgendetwas, und Fabienne kichert so laut, dass man es trotz des Stimmenlärms durch die ganze Lobby hört.

Ich glaube, mir wird schlecht.

Höchste Zeit, dass Amira und ich uns was einfallen lassen!

8:47 Uhr

Der Jugendherbergstyp hinter der Rezeption rümpft den Walross-Schnauzbart. »Hier können Sie aber nicht bleiben!«

»Das wissen wir«, ruft Herr Petersen über achtundzwanzig Schülerköpfe hinweg.

»Okay, Leute! Ihr seht ja selber, was für ein Wetter draußen ist! Deswegen muss der Stadtrundgang leider ausfallen.«

»Oooohhhh«, machen alle, aber es hört sich kein bisschen traurig an.

»Stattdessen«, sagt Frau Klein, »stattdessen werden wir in ein Einkaufszentrum fahren, aber ich möchte euch …«

Der Rest geht in lautem Jubeln, Pfeifen und Johlen unter. Am allerlautesten jubeln natürlich Amira und ich. Ein Einkaufszentrum! Da gibt es doch bestimmt einen dm oder Rossmann oder so was! Genau das, was wir für Punkt eins auf der Liste brauchen.

9:33 Uhr

Das Einkaufszentrum ist riesig. Und damit meine ich: RIIIIEEEEESIG!!!

Amira und ich sind einfach losgegangen, in irgendeine Richtung, bloß weg von den anderen. Jetzt haben wir zwei Stunden Zeit. Zwei Stunden, um cool zu werden oder wenigstens so auszusehen.

9:45 Uhr

Wir latschen seit einer halben Ewigkeit durch irgendwelche Gänge, in denen es nur schweineteure Klamotten gibt, die nicht mal meine Mutter anziehen würde.

»Lass uns zurück zu den Rolltreppen gehen. Da gibt es doch bestimmt so eine Übersicht, wo welche Läden sind«, sage ich. »Amira? Alles klar bei dir?«

Sie ist plötzlich stehen geblieben, und ihre Augen leuchten ganz komisch. »Lena! Da vorne!«

Hat sie einen Herzanfall? Einen Fieberwahn? Oder einen Promi entdeckt?

9:46 Uhr

Viel besser! Einen dm! Und zwar einen mit Gratis-Schminkaktion, weil die Filiale neu eröffnet hat!

Wie cool ist das denn?

Nichts wie rein!

Eine Frau im Eingang hält mir einen Luftballon entgegen.

Was glaubt die, wie alt ich bin? Drei?

Ich schüttele energisch den Kopf und sage: »Wir wollen zur Schminkaktion!«

Wehe, sie fragt jetzt, ob wir dafür schon alt genug sind oder so was!

Aber die Frau lächelt nur und zeigt auf eine Schlange weiter hinten im Laden.

War ja eigentlich klar, dass wir nicht die Einzigen sind, die die Schminkaktion cool finden! Aber wenigstens ist kein Mädchen aus unserer Klasse dabei.

9:54 Uhr

Wir warten.

Amira angelt einen knallroten Lippenstift aus dem Regal neben uns. »Was meinst du?«

Ich schüttele den Kopf. »Too much. Das sieht doch voll billig aus.«

»Stimmt.« Amira stellt den Lippenstift wieder zurück und fährt mit dem Finger die Reihe der Lippenstifte entlang.

»Der hier?« Ich zeige auf einen rosafarbenen, aber dieses Mal schüttelt Amira den Kopf.

»Den sieht man ja gar nicht. Ein bisschen auffallen muss es schon.«

»Dann vielleicht der? Der fällt garantiert auf!«

Ich halte einen goldenen Lippenstift mit Glitzer hoch, und wir kriegen einen Kicheranfall.

10:01 Uhr

»Wer von euch will zuerst?«, fragt die Schminkfrau. (Auf ihrem Namensschild steht »Kiara«.)

Amira und ich sehen uns an.

»Mach du«, sage ich.

Amira strahlt und setzt sich auf den Stuhl vor dem Schminktisch.

»Ich könnte dir etwas in Kupfertönen machen«, sagt Kiara. Sie zeigt auf eine Lidschattenpalette mit Farben, die alle irgendwie nach Erde aussehen. Amira verzieht das Gesicht.

»… oder sonst hätte ich noch den Glamour-Queen-Look. Aber …«

»Glamour Queen!«, ruft Amira. »Auf jeden Fall Glamour Queen!«

Hätte ich auch genommen. Das klingt doch schon voll cool!

»Das ist aber eigentlich eher was für den dramatischen Auftritt am Abend«, sagt Kiara, »mit Metallic-Tönen und so.«

»Cool!«, ruft Amira. »Das will ich!«

»Okay. Aber erst mal die Foundation. Hm … Ich hab zwar zwei dunkle hier, aber ich glaube, die sind beide nicht dein Hautton. Warte mal.« Kiara verschwindet irgendwo hinten im Laden. Amira sieht mich an und zieht die Augenbrauen hoch.

Na, das fängt ja gut an!

10:03 Uhr

»Du auch?« Vor mir steht die zweite Schminkfrau (Martina).

»Ja. Ja, klar!«

»Okay.«

Sie starrt mein Gesicht an.

»Ähm … Vielleicht auch Glamour Queen?«, frage ich.

Martina legt den Finger auf die Lippen und starrt weiter.

Okaaaay …

10:04 Uhr

Sie starrt immer noch. Bin ich so ein schwerer Fall? Ein Problemgesicht?

Oder hab ich irgendwo noch Zahnpasta auf der Wange?

»Äh-hem«, mache ich, aber Martina blinzelt nicht mal.

10:05 Uhr

»Ich mache dir eine Banane«, sagt sie schließlich.

»Eine Banane? Du schminkst mir eine Banane?«

»Ja. Passt zu deinem Gesicht.«

Oh nein, ich habe ein Bananengesicht!

WARUM? WIESO?

Ich will kein gelbes Obst im Gesicht haben!

Mit zitternder Stimme frage ich: »Und wo soll die Banane hin?«

»Auf die Lider natürlich. Wohin denn sonst?«

Na klar, Bananen malt man auf die Lider. Und Äpfel auf die Wangen und Kirschen auf die Nase, oder was? Dass ich das nicht gleich kapiert habe!

»Du weißt gar nicht, was das ist, oder?«, fragt Martina.

»Ähm … gelb, mit Schale, sehr gesund?«

Sie lacht. »Das auch! Aber beim Schminken bedeutet es, dass ich in der Lidfalte und außen dunkleren Lidschatten auftrage als in der Mitte.«

»Ach so!« Ich gebe mir Mühe, nicht zu erleichtert auszusehen.

Grinsend greift Martina nach Foundation und Schwämmchen.

10:07 Uhr

Martina tupft auf meinem Gesicht herum. Aus dem Augenwinkel sehe ich, dass auch Kiara wieder aufgetaucht ist und Amiras Gesicht bearbeitet. Ein Glück!

10:09 Uhr

»Mach mal die Augen zu.« Martina pinselt was auf meine Lider. Wahrscheinlich die Banane.

Hoffentlich sieht das nachher auch gut aus!

10:12 Uhr

»Okay. Du darfst gucken.«

Wow! Meine Augen wirken plötzlich viel größer als sonst und irgendwie geheimnisvoll. Wenn ich nicht wüsste, dass ich das Mädel da im Spiegel bin, würde ich es nicht glauben!

Ich bin nicht mehr Lena, ich bin eine Glamour Queen!

Das Schminken hat sich echt gelohnt.

10:24 Uhr

Im Klamottenladen. Schließlich können zwei Glamour Queens nicht in T-Shirts mit Schullogo durch die Gegend latschen!

»Was meinst du?« Glamour Queen Amira zieht ein tief ausgeschnittenes schwarzes Shirt aus dem Ständer mit dem %-Zeichen.

»Was kostet das denn?«, frage ich, denn ich habe schon den Lidschatten und die Foundation gekauft, und von meinen 30 Euro Taschengeld sind nur noch 18 Euro übrig.

»Nur zehn, ist reduziert.«

»Okay, ich probier's an.«

Ob acht Euro für den Rest der Klassenfahrt reichen?

»Nee, das ist für mich«, sagt Amira. »Du musst dir schon selbst was suchen.«

10:26 Uhr

Hektisch durchwühle ich den Ständer mit dem %-Zeichen.

Wenn Amira ein cooles Shirt hat und ich nicht, das geht ja mal gar nicht!

10:48 Uhr

Drei Klamottenläden weiter.

Amira hat ihr Shirt gekauft und gleich angezogen.

Ich habe immer noch nichts.

Und um elf müssen wir schon wieder beim Treffpunkt sein!

10:58 Uhr

Ich hab ein Shirt! Jippie!

Es ist schwarz wie Amiras, hat einen anderen Ausschnitt (rund statt V), ist aber auch verdammt sexy.

Nebeneinander im Spiegel sehen wir echt geil aus!

Amira strahlt mich an. »Punkt eins ist abgehakt! Würde ich mal sagen. Oder?«

»Aber so was von!«, antworte ich.

11:04 Uhr

Das Shirt ist gekauft.

»Eigentlich bräuchten wir jetzt noch coole Schuhe«, sagt Amira.

»Wieso?« Ich liebe meine selbstbemalten Chucks mit den bunten Mandalas!

»Na ja …« Amira zieht die Augenbrauen hoch. Wehe, sie sagt was gegen meine Lieblingsschuhe! »Ich dachte … vielleicht wäre was Schickeres besser?«

»Was Schickeres? Schuhe mit hohen Absätzen, oder was? Da tun mir nach fünf Minuten die Füße weh.«

»Stimmt, ist nicht so praktisch.«

»Allerdings! Außerdem …« Ich hole mein Handy raus und checke die Uhrzeit. »Amira, es ist schon nach elf!«

Wir sehen uns an und flitzen los.

11:08 Uhr

Wo ist noch mal der verdammte Treffpunkt?

Hier sieht alles gleich aus!

11:10 Uhr

»Und wenn wir wen fragen?«, keuche ich.

»Wen denn?«

»Irgendwen, in einem Laden oder den Mann da drüben oder …«

»Nein, da vorne ist es! Nur noch um eine Ecke.«

»Das hast du eben auch schon gesagt!«

»Dieses Mal bin ich mir aber ganz sicher.«

11:12 Uhr

»Okay, aber hinter der nächsten Ecke ist es garantiert!«

11:15 Uhr

Da vorne ist der Treffpunkt! Endlich! Meine Lunge brennt, und das Make-up auf meinem Gesicht fühlt sich an wie eine heiße Maske.

Die gesamte Klasse starrt uns entgegen. Den Jungs fällt einem nach dem anderen die Kinnlade runter, und Fabienne und Nadja fangen sofort an zu tuscheln. Neben uns Glamour Queens ist ihr Make-up total unscheinbar.

»Es funktioniert«, raunt Amira mir zu, und plötzlich muss ich breit grinsen.

11:16 Uhr

»Das ist ja mal ein farbenfroher Auftritt.« Herrn Petersens Mundwinkel zucken. Lacht der etwa über uns? Der hat ja so was von keine Ahnung!

11:17 Uhr

Wer definitiv nicht lacht, ist Frau Klein. »Lena! Amira! Das Treffen war um elf Uhr!«

»Sorry …«, sagen Amira und ich im Chor.

»Ihr müsst euch an die Absprachen halten, sonst können wir euch nicht alleine losgehen lassen!«

Blablabla … Ich versuche, schuldbewusst zu gucken, schließlich will ich nicht, dass sie sich irgendeine blöde Strafe für uns ausdenkt. Aber das ist alles andere als leicht, weil das Grinsen in meinem Gesicht einfach nicht weggehen will!

Außerdem, was weiß die Klein denn schon? Man muss sie sich ja nur mal ansehen …

Ihre Haare sind das, was Mama eine »praktische Kurzhaarfrisur« nennt, und sie hat ganz genau null Make-up im Gesicht. Aber einen fetten Pickel auf der Stirn! Sie hat nicht mal versucht, den abzudecken!

»Wollt ihr noch was sagen?« Die Pickelstirn legt sich bedrohlich in Falten.

»Nein, Frau Klein«, sagt Amira.

»Kommt nicht wieder vor«, sage ich.

»Das will ich auch hoffen!«, kläfft die Klein.

Whatever …

11:46 Uhr

Das mit dem Make-up funktioniert! Aber so was von! Justin hat mir in der S-Bahn gerade zum zweiten Mal zugezwinkert, und Till dreht sich immer wieder zu Amira um.

11:52 Uhr

An der nächsten Station müssen wir raus. Amira und ich stehen gleichzeitig mit den Jungs auf und drängeln uns an drei Leuten vorbei. Dann habe ich es endlich geschafft: Ich stehe im Gang direkt hinter Justin!

11:53 Uhr

Ich starre auf Justins Rücken in dem grauen Kapuzenpulli. Ich muss was zu ihm sagen! Das ist die Gelegenheit!

Aber was nur? Mein Gehirn ist voller Watte. Sag was, Lena, irgendwas!

Plötzlich dreht er sich zu mir um und sieht mir direkt in die Augen. »Cooler Style, Lena!«

»Danke«, murmele ich. Mir ist ein bisschen schwindelig, und meine Wangen brennen wie Feuer.

Hoffentlich sieht man das unter dem Make-up nicht!

Dann dreht er sich zurück nach vorne.

Oh Mann, WARUM ist mir keine bessere Antwort eingefallen? (Punkt zwei, Lena! Punkt zwei!!!)

11:54 Uhr

Andererseits: Er hat mich angesprochen! Und er findet meinen Style cool!

Wer braucht da schon Punkt zwei?

ER HAT MICH ANGESPROCHEN!!!

11:56 Uhr

Die S-Bahn hält mit einem Ruck an, und Justins Rücken setzt sich in Bewegung. Ich schwebe hinter ihm her.

12:06 Uhr

Da vorne ist die Jugendherberge. Ich schwebe immer noch, trotz Nieselregen.

»Um zwölf Uhr gibt es Mittag«, verkündet Herr Petersen.

»Aber es ist doch schon nach zwölf«, sagen Paula und Selina gleichzeitig.

»Ich weiß! Deshalb geht ihr bitte auch sofort in den Speisesaal!«

»Aber …«

»Bedankt euch bei Lena und Amira.«

»Danke, Lena und Amira«, flötet Fabienne mit einer falschen, zuckersüßen Stimme.

So eine blöde Kuh!

»Mach dir nichts draus«, flüstert Amira mir zu.

»Mache ich auch nicht«, flüstere ich zurück.

Fabienne ist doch nur neidisch, weil wir so cool geschminkt sind!

12:43 Uhr

Nach dem Mittagessen checken Amira und ich im Zimmer erst mal das Make-up im Spiegel. Sieht immer noch echt gut aus! Und vor allem: Es wirkt! Beim Essen hat Justin mir gerade zweimal zugelächelt … Und wer weiß, was heute Nachmittag noch alles passiert?

»Ihr wisst schon, dass wir gleich in den Wald gehen?«, fragt eine Stimme hinter uns.

»Äh … Was?«

»Na ja, wegen eurem …« Paula macht eine Kreisbewegung vor ihrem Gesicht.

»Na und?« Amira starrt sie böse an.

»Ach, nichts. Geht mich ja nichts an.«

»Genau!«, zischt Amira. »Das geht dich gar nichts an!«

Paula zuckt mit den Schultern und verschwindet aus der Tür.

»Warum soll man bitte mit Make-up nicht in den Wald gehen?«, fragt Amira mich.

Ich zucke mit den Schultern. Das Einzige, was zählt, ist doch: Jetzt geht es endlich richtig los mit Justin!

13:40 Uhr

Wir stehen vor der Jugendherberge und warten darauf, dass die Lehrer das Zeichen zum Loslaufen geben. Zum Glück hat es aufgehört zu regnen. Justin quatscht mit Till und beachtet mich nicht, aber egal! Im Wald ist es eh viel romantischer.

13:53 Uhr

Um zum Wald zu kommen, müssen wir erst mal in einen Uralt-Bus steigen, der mit uns in Richtung Nirgendwo fährt. Die Jungs sitzen natürlich wieder mit Fabienne und Nadja in der letzten Reihe. Dabei sind Amira und ich doch viel cooler gestylt!

13:55 Uhr

Ganz ruhig, Lena! Denk an den romantischen Wald! Sanftes Licht, Blätterrauschen, Vogelgezwitscher. Und mittendrin Justin und ich, wie wir …

13:56 Uhr

Oh Mann! Wie soll ich mir das alles bitte vorstellen, wenn ich dabei in einem stinkenden, laut röhrenden Ungetüm von Bus sitze?

14:09 Uhr

Der Weg von der Bushaltestelle zum Wald ist voller Pfützen, und es wird immer matschiger. Meine schönen selbstbemalten Chucks! Ich habe ewig gebraucht, um das Muster daraufzumalen! Hoffentlich sagen die Lehrer gleich, dass wir doch nicht in den Wald gehen.

14:12 Uhr

Wir stehen am Waldrand, und ich denke gerade, jetzt sagen sie, der Ausflug ist abgesagt, da klatscht Herr Petersen in die Hände.

»Auf geht's, Leute!«

Der will ernsthaft mit uns in die Schlammhölle! Alle um uns herum murren und stöhnen.

14:13 Uhr

Der Petersen marschiert los und stapft dabei mit seinen klobigen Wanderstiefeln in jede Pfütze. Die Teile sind ja eh schon matschfarben – oder ist das alter Dreck, der noch daran klebt? Jedenfalls merkt er überhaupt nicht, dass keiner hinterherkommt.

»Stefan, warte mal!«, ruft Frau Klein.

Der Petersen bleibt stehen, und sie dreht sich zu uns um. »Leute, was soll das? Ihr wusstet doch, dass es in den Wald geht!«

Fabienne verschränkt die Arme vor der Brust. »Wissen Sie, wie viel meine Schuhe gekostet haben?«

»Bestimmt nicht so viel wie meine«, behauptet Lennard.

»Und meine sind selbstbemalt!«, rufe ich.

»Ach, wie süß«, ätzt Fabienne. »Selbstbemalt!«

»Ja, und?«, frage ich zurück.

Fabienne zieht die Augenbrauen hoch. »Jedenfalls, mit meinen Schuhen gehe ich nicht in die Matsche!«

Doch Frau Klein hat null Mitleid. »Wir haben auf dem Informationsabend gesagt, ihr sollt robustes Schuhwerk mitbringen. Wenn ihr das nicht tut, ist das euer Problem!«

»Aber Frau Klein …«

»Keine Diskussion! Los jetzt!«

14:16 Uhr

Amira zieht mich am Arm. »Komm schon, Lena!«

Ich seufze. Meine schönen Chucks!

Andererseits: Justins Kapuzenpulli verschwindet schon hinter dem ersten Baum.

Und Fabienne steht immer noch hinter uns und versucht, Frau Klein zu bequatschen.

Das ist meine Chance!

14:21 Uhr

Amira und ich balancieren außen um die Pfützen herum, aber unsere Schuhe werden trotzdem immer brauner. Und durch das Slalomlaufen ist der Weg mindestens doppelt so lang wie normal.

So holen wir die Jungs nie ein!

14:33 Uhr

Wir werden immer schneller, bis wir im Turboslalom um die Pfützen rasen.

»Entschuldigung? Wir wollen vorbei!«

Simon und Kai sind so ins Quatschen vertieft, dass sie mich überhaupt nicht hören. Also schiebt Amira sich seitlich an Kai vorbei und ich mich an Simon.

»Na, was macht die Farbe?« Simon grinst mich von der Seite an.

Ich tue selbstverständlich so, als hätte ich nichts gehört (Punkt vier! Nicht mit uncoolen Leuten reden!), und marschiere weiter.

»Sprichst du nicht mit mir?«

Ist der Typ nicht genial? Dass er das gemerkt hat!

»Ist dir die Farbe ins Gehirn gelaufen, oder was?«, ruft er mir hinterher.

Oh Mann, wie kann man nur so peinlich sein!

Ich schalte den Turbo noch eine Stufe hoch. Hoffentlich hat das keiner mitgekriegt!

14:47 Uhr

Ich bin völlig k. o., mein Gesicht fühlt sich verschwitzt und klebrig an, und die Jungs sind immer noch nirgendwo zu sehen.

15:00 Uhr

Herr Petersen bleibt stehen. Endlich!

Andererseits: Wozu haben wir uns so abgehetzt, wenn jetzt eh auf alle gewartet wird?

15:06 Uhr

Kaum ist die »Nachhut« (Petersens Worte, nicht meine!) mit Frau Klein angekommen, da fängt sie an, irgendwelche Pflanzen hochzuhalten. Und dazu labert sie was über Blattpositionen und Blütenblätter. Das ist die Gelegenheit, unauffällig näher an die Jungs ranzurücken!

Wenn ich nicht total verschwitzt wäre jedenfalls. Ich wische mir mit dem Handrücken über die Stirn.

»Mensch, Lena! Jetzt ist dein Make-up ganz verschmiert!«, flüstert Amira und zieht mich hinter einen Baum.

15:08 Uhr

Amira hält mir ihren Taschenspiegel hin. Quer über meiner Stirn ist ein viel zu heller Hautstreifen, und der Rest sieht auch ziemlich fleckig aus. Oh Mann, ich darf gar nicht dran denken, dass ich so fast zu den Jungs gegangen wäre!

Ich gebe Amira den Spiegel zurück und krame im Rucksack

nach einem Taschentuch und der Foundation, die ich heute gekauft habe. Amira ist schon dabei, ihr Make-up auszubessern.

15:10 Uhr

Erst mal den Schweiß abtupfen. Das tut gut!
Dann verteile ich mit dem Taschentuch die hellbraune Paste gleichmäßig in meinem Gesicht.

Na also! Sieht wieder aus wie neu.

15:15 Uhr

Jetzt aber! Wir setzen ein cooles Lächeln auf und schlendern hinter dem Baum hervor. Wahrscheinlich käme es besser, wenn ich nicht vergessen hätte, das von der Foundation braun gefleckte Taschentuch in meiner Hand wegzustecken. Mist! Ich knülle es zusammen, so gut es geht, und lächele noch ein bisschen breiter.

Justin, Till und Lennard grinsen uns entgegen, und mein Herz macht einen kleinen Sprung.

Und dann sagt Lennard: »Ich wusste ja, dass Mädels immer zu zweit auf Klo gehen, aber auch hinter den Baum?«

WAAAS???

Die Klasse schmeißt sich weg vor Lachen. Fabienne gackert so laut, dass sie fast erstickt, und selbst Frau Klein muss grinsen.

Amira starrt auf das braune Taschentuch in meiner Faust und wird knallrot.

Oh nein! Die anderen denken doch hoffentlich nicht, dass das …

Scheiße!

15:16 Uhr

NEIN!!! Natürlich gerade keine …

Waaaah!!! Das ist sooo peinlich!

Gleich gibt es hier einen Waldbrand, so wie meine Wangen glühen!

15:18 Uhr

Ob man sich in einer Matschpfütze ertränken kann? Wenn man das Gesicht ganz fest reindrückt? Sterben wäre tausendmal besser, als in diesem Moment ich zu sein!

15:19 Uhr

Aber bei meinem Pech überlebe ich das und renne den restlichen Tag mit Matschgesicht herum!

Die anderen lachen immer noch … Ich glaube, die hören nie wieder damit auf!

15:20 Uhr

Frau Klein labert irgendwas, und keiner hört zu. Jedenfalls bis sie das magische Wort sagt: »Pause!«

Plötzlich kramen alle ihre Trinkflaschen aus den Rucksäcken und verteilen sich auf der Lichtung.

Danke, danke, danke, Frau Klein!

15:26 Uhr

Die Jungs kicken auf der matschigen Wiese Tannenzapfen hin und her. Fabienne und Nadja himmeln sie dabei an. Und Amira und ich stehen so weit weg wie möglich unter einem Baum.

»Ich will sterben«, stöhnt Amira.

»Ich auch!« Wie kann man auch weiterleben nach so was? Immer, wenn Justin mich ansieht, wird er daran denken, dass ich hinter einem Baum gehockt und gekackt habe!

»Wieso hattest du bloß das Tuch noch in der Hand?«, fragt Amira.

»Keine Ahnung!«

Sie seufzt.

»Bist du sehr sauer?«, frage ich.

»Nee. Quatsch. War ja keine Absicht.« Aber Amiras Stimme klingt irgendwie komisch. Ob sie doch sauer ist? Sie guckt sehnsüchtig zu Till rüber.

»Hey, das wird schon noch was mit euch«, sage ich.

»Meinst du?«

»Klar.«

»Das mit Justin und dir auch.«

Ich zucke mit den Schultern. Ich weiß nicht. Vielleicht habe ich mir das ja auch alles nur eingebildet?

Mit Fabienne redet er jedenfalls gerade viel länger als mit mir vorhin. Und Lennard steht daneben und grinst dämlich.

Ich hasse Lennard! Wenn er nicht diesen Spruch gebracht hätte, hätte vielleicht niemand das braune Taschentuch bemerkt!

Außerdem ist das Braun eigentlich viel zu hell, um Kacke zu sein.

Ob ich ihm das mal sagen sollte?

15:27 Uhr

Nein! Ich werde jetzt nicht anfangen, mit Lennard über die Farbe von Kacke zu diskutieren!!!

Justin wird auch so nie wieder mit mir reden.

Und küssen wird er mich schon mal gar nicht!

Ich werde ungeküsst fünfzehn werden. Wahrscheinlich sogar

sechzehn, dann bin ich schließlich immer noch mit denselben dämlichen Leuten in einer Klasse!

Und danach? Jetzt mal ganz realistisch: Es könnte echt sein, dass ich irgendwann alt und ungeküsst sterben werde.

Ich seufze.

Amira seufzt auch.

Und dann wieder ich.

Ein echtes Seufz-Konzert.

15:31 Uhr

»Und deine schönen Chucks«, sagt Amira.

Stimmt, das ja auch noch! Traurig sehe ich auf meine Schuhe. An manchen Stellen linsen blaue und rote Kringel durch die braune Matschkruste.

»Na ja«, meint Amira gespielt fröhlich, »wenigstens hat Lennard nicht behauptet, wir hätten uns auf die Schuhe gekackt.«

»Quatsch!« Ich zeige auf die braunen Schuhe der Jungs. »Dann hätten sich die anderen doch auch alle auf die Schuhe gekackt!«

Wir sehen uns an.

»Stell dir das mal vor, wie die ganze Klasse im Wald hockt und …«

Ich stelle es mir vor. Ich sehe es genau vor mir.

Amiras Mund zuckt, und in meinem Bauch gluckst es.

»Die kennen wohl alle nicht Punkt drei!«, pruste ich.

»Immer cool in den Wald kacken?«, fragt Amira.

Und dann kriegen wir einen Lachanfall.

15:32 Uhr

Fabienne sieht zu uns rüber und zieht die Augenbrauen hoch.

»Was will die denn mit ihren vollgekackten Schuhen?«, keucht Amira, und ich muss noch mehr lachen.

15:33 Uhr

Ich kann nicht mehr! Mein Bauch tut schon weh, und Amira laufen die Tränen über die Wangen, aber jedes Mal, wenn wir uns ansehen, platzt es wieder heraus.

Auf den Boden sehen hilft überhaupt nicht (Stichwort: Schuhe!) und in die Ferne starren auch nicht (Stichwort: die anderen. Und Stichwort: Schuhe!).

15:35 Uhr

Langsam wird es besser mit dem Lachen. Dafür habe ich jetzt einen Schluckauf.

»Mist! Ich -hicks- hab einen Schluck -hicks- auf!«

»Schluckhicksauf ist gut«, sagt Amira, aber sie lächelt bloß noch ein bisschen dabei.

Ich glaube, das Schlimmste ist vorbei.

15:37 Uhr

Amira sieht aus, als hätte sie zwei Piraten-Augenklappen, weil ihre Wimperntusche total verschmiert ist vom ganzen Lachen und Heulen. Und ich sehe garantiert genauso aus.

Aber wen interessiert's? Wenn mein Leben eh vorbei ist, ist es auch egal, wie ich aussehe.

Und selbst das ist mir im Moment egal.

Ich kann kein Braun mehr sehen, deshalb gucke ich nach oben. Leuchtend grüne Blätter vor leuchtend blauem Himmel.

Eigentlich doch ganz schön hier im Wald.

15:50 Uhr

Wenn die anderen nicht dabei wären jedenfalls.

Die Pause ist vorbei, das hat Frau Klein gerade verkündet, und wir schleichen extra langsam in Richtung Wanderweg.

Blöderweise wartet der Rest der Klasse auf uns, anstatt einfach schon mal loszulatschen. In der ersten Reihe stehen natürlich Nadja und Fabienne, immer noch genauso perfekt gestylt wie am Anfang des Ausflugs. Das ist so unfair!

»Wo hast du denn das Taschentuch gelassen?«, fragt Fabienne extra laut.

»Das hab ich an deinen Schuhen abgewischt«, antworte ich, und Fabienne wird erst blass und dann knallrot.

»Du bist so peinlich«, keift sie. »Komm, Nadja!«

Dabei hat sie doch angefangen!

16:02 Uhr

Der Rückweg ist genauso matschig wie der Hinweg. Meine Füße tun weh, ich schwitze schon wieder ohne Ende, und von den Jungs ist nichts zu sehen.

Ist aber auch besser so.

16:39 Uhr

Der Bus zurück zur Jugendherberge ist schon knallvoll, als er an der Haltestelle hält. Und das mitten im Nirgendwo! Aber es ist auch ein echt kleiner Bus.

Die Leute stöhnen, und nach jeder Menge Geschiebe und Gedrängel stehen Amira und ich eingequetscht zwischen einem Anzugtypen, der mir seinen Aktenkoffer in den Oberschenkel bohrt, und zwei Frauen, die die ganze Zeit über ihre Kindergartenkinder reden.

16:42 Uhr

Irgendwo hinten im Bus kichert ein Mädchen. Eindeutig Fabienne! Dieses Gackern würde ich überall erkennen!

Und dieses Jungslachen …

Die flirtet garantiert schon wieder mit Justin.

Vorhin in der S-Bahn hat er noch mir zugezwinkert …

16:43 Uhr

Es könnte auch Lennard sein, der da so lacht. Oder Till.

16:44 Uhr

Oder Justin hatte bloß was im Auge, als ich dachte, er zwinkert mir zu.

16:48 Uhr

Egal! Das interessiert mich ÜBERHAUPT NICHT!

16:49 Uhr

Muss die so laut gackern?

16:50 Uhr

Ich hasse Fabienne!!!

17:06 Uhr

Wir sind zurück in der Jugendherberge. Endlich!

In unserem Zimmer kicke ich die matschverkrusteten Chucks in eine Ecke (Wä-häääää!!! Meine schönen Chucks!) und werfe mich aufs Bett. Meine Füße sind heiß und dick und tun sauweh. Ich stehe nie wieder auf!

Wofür auch?

Die Leiter knarrt, es ruckelt, und Amira sagt von oben: »Bin ich fertig!«

Ich stöhne zustimmend.

17:08 Uhr

Es ruckelt schon wieder, und kurz darauf steht Amira mit Handtuch und Kulturtasche vor mir.

»Kommst du mit duschen?«

»Später«, brummele ich. Und kuschele mich in die Decke.

17:09 Uhr

Am liebsten würde ich jetzt nach draußen zu den Kaninchen schleichen, von denen Paula und Selina heute Morgen erzählt haben. Zu Hause brauche ich nur mein Mümmelchen auf den Schoß zu nehmen und zu streicheln, schon geht es mir besser. Egal, wie sehr ich mich vorher geärgert habe oder wie traurig ich war, Mümmelchen versteht mich. Und sein weiches Fell beruhigt mich.

Das Problem ist bloß: Ich weiß ja nicht mal genau, wo der Stall ist! Und was mache ich, wenn ich einen von den anderen treffe? Was soll ich dann sagen, wo ich hingehe?

17:10 Uhr

Wie es Mümmelchen wohl geht? Hoffentlich denkt Moritz daran, ihn zu füttern! Was, wenn er es vergisst? Oder wenn er ihn nicht streichelt? Mein kleiner Bruder ist schließlich erst sieben! Und Mümmelchen braucht es, dass man ihn streichelt.

Hoffentlich geht es ihm gut!

17:12 Uhr

Ich krame mein Handy aus dem Rucksack.

»Hallo? Mama?«

»Hallo, Lena! Das ist ja schön, dass du uns mal anrufst!«

»Geht es Mümmelchen gut?«

»Mümmelchen? Ja, natürlich geht es Mümmelchen gut! Er hat heute schon eine ganze Möhre gefressen. Aber erzähl doch mal, wie ist es auf der Klassenfahrt?«

»Nur eine Möhre? Ihr müsst ihm doch auch Körnerfutter und frisches Wasser geben! Und Heu!«

»Natürlich, mein Schatz. Mümmelchen wird bestens versorgt. Moritz kümmert sich um alles!«

»Streichelt er ihn auch genug?«

»Ja, natürlich.«

»Aber hoffentlich nicht alleine, oder? Du passt doch auf, dass …«

»Ja, Lena! Mach dir keine Sorgen! Aber sag mal, habt ihr Spaß auf der Klassenfahrt? Was habt ihr denn heute gemacht?«

»Ähm …« Uns vor der ganzen Klasse blamiert? »Wir waren im Wald«, sage ich.

»Oh, das ist aber schön!«

Schön???

»Na ja …«

»Hat es dir nicht gefallen? Früher warst du doch immer so gerne im Wald.«

»Ja, Mama! Früher habe ich auch noch in die Windeln geschissen!«

»Ach, Lena, du weißt doch, wie ich das meine. Ich finde es jedenfalls gut, dass eure Lehrer mit euch in die Natur gehen. Frische Luft und …«

»Mama, ich muss Schluss machen.«

»Oh. Okay. Na, wenn du zu Hause bist, erzählst du uns alles, ja? Wie es im Wald war und so?«

Ganz bestimmt nicht! »Ja, ja.«

»Und viel Spaß noch, mein Schatz! Amüsier dich!«

»Tschüss, Mama.«

»Tschüss, Süße!«

17:14 Uhr

Ich hasse es, wenn sie mich Süße nennt!

War eine blöde Idee, zu Hause anzurufen.

17:15 Uhr

Aber wenigstens geht es Mümmelchen gut. Mein Kaninchen ist sowieso tausendmal süßer als alle Tiere, die die hier haben können!

Vor allem auf dem einen Foto, wo er ganz entspannt auf meinem Schoß liegt und … Wo ist es denn … Da!

Sooo süß! Und wo ist noch mal das andere, auf dem er Löwenzahn mümmelt?

Mümmelchen-Fotos auf dem Handy angucken ist zwar nicht dasselbe, wie ihn zu streicheln, aber ein bisschen hilft es auch.

17:21 Uhr

»Du liegst ja immer noch im Bett!«

Ich wische das letzte Mümmelchen-Foto weg, und einen Moment später hüllt mich eine Duschgel-Duftwolke ein. Neben dem Bett steht Amira, ein Handtuch um den Körper gewickelt.

»Mann, Lena! Du wolltest doch noch duschen vor dem Abendbrot!«

Abendbrot! Essen! Gutes Stichwort! Ich habe einen Riesenhunger.

Ich schlage die Decke beiseite und setze ich mich auf. Plötzlich mischt sich ein furchtbarer Gestank in den Amira-Duschgelduft. Als ob in meinem Bett ein verschwitztes Stinktier Amok gelaufen wäre.

17:22 Uhr

Von wegen Stinktier, das bin ich!

17:25 Uhr

Duschen ist eine gute Idee, eine sehr gute sogar! Auch wenn ich mein Gesicht dreimal einschäumen muss, bis es sich nicht mehr fettig anfühlt von dem ganzen Make-up.

17:37 Uhr

Zurück im Zimmer. Amira steht vor dem Spiegel und schminkt ihre Augen mit dem Lidschatten, den sie vorhin bei dm gekauft hat. Keine Ahnung, wozu sie sich die Mühe macht! Es ist doch total egal, wie wir aussehen, denn eins ist klar: Nach der Sache im Wald können wir das mit den Jungs vergessen. Nach dem Spruch von Lennard und vor allem: so wie Justin mit Fabienne geflirtet hat. Bei dem Gedanken krampft sich mein Herz total zusammen.

»Willst du dich gar nicht schminken?«, fragt Amira.

»Wozu?«

»Wie, wozu? Wir haben einen Plan, Lena!«

»Jetzt nicht mehr.«

»Was soll das heißen, jetzt nicht mehr?«

17:38 Uhr

Lagebesprechung auf meinem Bett. Einberufen von Amira.

»Also, was ist der neue Plan?«, fragt sie.

»Welcher neue Plan?«

»Ich dachte, du hast einen, wenn du den alten einfach so cancelst!«

»Ähm … Du willst nicht aufgeben?«

»Ich gebe niemals auf! Never!«, verkündet Amira. »Oder willst du etwa nicht mehr von Justin geküsst werden?«

»Der flirtet doch die ganze Zeit mit Fabienne!«

»Quatsch«, behauptet Amira. »SIE flirtet mit IHM. Du musst um ihn kämpfen, Lena!«

Ich zucke mit den Schultern. Kämpfen? Soll ich mit Fabienne im Wald Schlammcatchen machen, oder was?

»Ich gebe Till jedenfalls nicht auf! Wir müssen einfach so tun, als ob gar nichts passiert wäre.«

»Meinst du?«

»Klar! Oder hast du eine bessere Idee?«

»Nicht wirklich …«

»Also, machst du mit?« Sie sieht mich fragend an.

»Wenn du denkst, dass ich noch eine Chance bei Justin habe.« Bei dem Gedanken klopft mein Herz schon wieder ein bisschen schneller.

»Klar hast du eine Chance! Und nicht nur eine! Wir sind schließlich noch zwei Tage hier, zwei Tage und einen Abend und einen Morgen, um genau zu sein. Also?«

Sie hält mir den Mascara hin.

Ich zögere einen Moment. Dann greife ich zu und krame anschließend noch in meinem Rucksack nach der Foundation und dem Lidschatten. Wozu habe ich mir schließlich das ganze Zeug gekauft? Ich bin zwar kein Schminkprofi wie Martina, aber ich kann es wenigstens versuchen!

18:00 Uhr

Da vorne ist die Speisesaaltür. Amira hat zwar gesagt, ich sehe gut aus, aber trotzdem klopft mein Herz jetzt noch schneller als vorhin. Zum Glück können die anderen nicht in mich reingucken! Und hoffentlich erwähnt gleich niemand das braune Taschentuch …

Ich atme tief ein und gehe hinter Amira her in den Speisesaal.

18:01 Uhr

Dahinten sind die Jungs! An dem Tisch in der Ecke. Dieses Mal sogar ohne Fabienne, die sitzt mit Nadja zwei Tische weiter. Die beiden würden mit ihrem Model-Look besser in ein Café in Paris passen als in die Jugendherberge mit ihren abgewetzten Plastikstühlen.

18:07 Uhr

Wir haben uns Essen geholt und sitzen jetzt schräg gegenüber von den Jungs, aber leider sehen Justin und Till kein einziges Mal zu uns her.

Das einzig Gute: Sie gucken auch nicht zu Fabienne und Nadja. Sie sind zu sehr damit beschäftigt, Essen in sich reinzuschaufeln.

18:09 Uhr

Das ist aber auch echt lecker! Lasagne, mmh!!!

(Im Gegensatz zu den Jungs kann ich gleichzeitig Essen schaufeln und rübergucken.)

18:23 Uhr

»Ruhe! Ruhe bitte!« Herr Petersen hat sich zwischen unsere Tische gestellt. »Alle bleiben noch einen Moment hier! Auch ihr!« Er zeigt auf Paula und Selina, die gerade ihre Teller auf den Geschirrwagen räumen. »Also. Das war heute ja ein sehr erfolgreicher, wenn auch etwas nasser Tag.«

Bei dem Stichwort »nass« fangen alle an, sich über ihre matschigen Klamotten zu beschweren.

»Ach, Leute …«, sagt Herr Petersen, was man bei dem ganzen Gemecker aber kaum hört.

»Jetzt ist aber mal gut!«, ruft die Klein. »Wer weiter meckert, muss um acht ins Bett!«

Schlagartig wird es leise. Irgendwo murmelt jemand: »Das kann die nicht machen«, aber Frau Klein guckt so streng, dass es schließlich ganz still wird.

»Ä-hem«, sagt Herr Petersen. »Wo war ich?« Er sieht Frau Klein fragend an, aber in dem Moment, als sie den Mund öffnet, redet er weiter: »Ach ja, genau! Heute Abend treffen wir uns im Gruppenraum für eine gemeinsame Aktivität. Um acht Uhr. Seid bitte pünktlich.«

Oh Mann, eine Gruppenaktivität! Gestöhne und Gemurmel an allen Tischen.

»Stöhnt nicht so!«, ruft die Klein. »Wir machen schließlich eine Klassenparty!«

Eine Party? Warum sagen die Lehrer das nicht gleich!

Amira und ich strahlen uns an.

»Eine Karaoke-Party«, ergänzt Herr Petersen.

WAAAS? Karaoke? Vor Schreck bleibt mir ein Stück Lasagne im Hals stecken, und ich kriege einen Hustenanfall.

Ich hasse es, vor anderen Leuten zu singen!

Also nicht dass ich nicht singen könnte, zu Hause unter der Dusche oder alleine mit Amira in ihrem Zimmer bin ich gar nicht schlecht. Aber wenn andere Leute dabei sind, habe ich das Gefühl, dass die mich mit ihren Blicken erwürgen. Und das wissen auch alle in der Klasse, seit ich letztes Jahr in Musik vorsingen sollte und nur gequietscht und gekrächzt habe. Schlimmer war es nur bei Kai, aber der konnte es wenigstens auf den Stimmbruch schieben. Das war sooo peinlich!

»Ich liiiieeebe singen!!!«, ruft Fabienne.

Jetzt muss ich noch mehr husten.

20:05 Uhr

Ich sitze im Gruppenraum neben Amira und versuche, mich unsichtbar zu machen. Die Klein drückt vor einem großen Fernseher auf einer Fernbedienung herum, während Herr Petersen zwei Mikros in der Hand hält. Vielleicht wird es ja doch nichts mit dem Karaoke?

20:07 Uhr

Simon geht zu Herrn Petersen, sagt irgendetwas und zeigt dabei auf den Fernseher.

Plötzlich erscheint ein buntes Auswahlmenü. Na danke, Simon!

»Also Leute«, sagt Herr Petersen. »Wer möchte anfangen?«

Alle starren plötzlich sehr interessiert auf den staubgrauen Fußboden.

20:12 Uhr

»Irgendjemand muss doch anfangen! Ihr könnt ja auch zu mehreren in ein Mikro singen. Na?«

Niemand meldet sich.

Herr Petersen guckt so enttäuscht, er könnte einem fast leidtun.

20:15 Uhr

Von wegen leidtun! Weil keiner freiwillig singen will, hat Frau

Klein einfach den Petersen auf die Bühne gezogen, und jetzt singt sie mit ihm zusammen einen total schnulzigen Schleimsong. Und dabei himmeln die beiden sich total künstlich an. Ich kann gar nicht hinsehen, so peinlich ist das! Ich meine: Das sind LEHRER!

»Irgendwie cool, dass die sich das trauen«, raunt Amira mir zu.

Ich verziehe das Gesicht.

»Findest du nicht?«

Ich zucke mit den Schultern. Jetzt bloß nicht diskutieren, sonst denken die Lehrer womöglich, wir wollen als Nächstes singen! Dabei kann das doch echt keiner freiwillig wollen.

20:20 Uhr

So kann man sich irren. Auf der Bühne stehen jetzt die Klassennerds, Selina, Paula, Simon und Kai. Dabei können die nicht mal singen! Das heißt, Paula schon, die hat voll die schöne Stimme, aber Kai ist immer noch im Stimmbruch und singt abwechselnd zu tief und zu hoch, Simon grölt einfach nur, und Selina kriegt alle drei Noten einen Kicheranfall. Oh Mann!

20:31 Uhr

Plötzlich wollen alle singen! Also alle außer mir natürlich. Es gibt sogar einen Zettel, auf den man sich eintragen muss. Keine Ahnung, warum die alle so scharf darauf sind, sich zu blamieren!

20:43 Uhr

Auf einmal stehen Fabienne und Nadja auf der Bühne. Die ersten Sounds eines ruhigen Songs ertönen. Und dann legt Fabienne los.

Oh nein! Die kann das wirklich! Sie hat eine echt geniale Stimme, ihre langen Haare glänzen, und wie sie sich bewegt … Jetzt noch Discolichter und Nebel, und wir sind mitten in einem Musikvideo! Nadja singt zwar auch ganz okay, aber Fabienne ist einfach nur perfekt.

Aber das Schlimmste ist: Sie singt und tanzt nicht einfach nur so, für sich selbst oder weil es ihr Spaß macht. Nein, Fabiennes Show ist eindeutig für jemanden bestimmt. Das merkt man daran, wie sie das Lied betont, in welche Richtung sie tanzt, an den Blicken unter den langen Wimpern in Richtung Jungstisch … wo Justin sitzt.

Er und Lennard starren Fabienne mit offenem Mund an.

20:45 Uhr

Fabienne steigt von der Bühne. Sie geht so dicht an unserem Tisch vorbei, dass ich ihr Parfüm riechen kann, und dann weiter zum Jungstisch, zu Justin und Lennard. Fabienne greift nach ihren Händen und zieht die beiden hinter sich her. Und sie folgen ihr mit leuchtenden Augen, wieder an unserem Tisch vorbei, nach vorne zur Bühne …

Ich halte das nicht mehr aus!

»Ich geh mal auf Klo«, raune ich Amira zu.

20:46 Uhr

Ich stoße die Tür zum Klo-Vorraum auf. Alleine! Ich will alleine sein! Ist das so schwer?

Was ich nicht will: in Paula und Selina hineinrennen, die sich hier gerade die Hände waschen.

20:47 Uhr

Ich versuche, wortlos an den beiden vorbeizumarschieren, aber natürlich quatscht Paula mich sofort an. »Hi, Lena! Findest du nicht auch, dass Justin ein echtes Sahneschnittchen ist?«

Gegen meinen Willen bleibe ich stehen. Sahneschnittchen? Was ist das denn für ein bescheuertes Wort? Und was soll das überhaupt heißen?

Paula dreht den Wasserhahn zu. »Du findest den doch bestimmt total sexy, so wie du ihn immer anstarrst.«

WAAAS?

»Ich starre niemanden an!«

»Paula, jetzt lass sie doch«, sagt Selina.

»Wieso? Ich kann doch mal fragen.«

Nein, kann sie nicht!

»Wenn du findest, dass der ein Sahneschnittchen ist«, sage ich, »dann bist du vielleicht selbst in den verknallt!« Ha, Paula! Nimm das! Paula fängt an, in aller Ruhe ihre Hände abzutrocknen. »Nee, echt nicht. Völlig falsche Fährte, Lena.«

Selina und sie grinsen sich an. »Außerdem ... wenn ich dir einen Rat geben darf ...«

»Darfst du nicht«, sage ich, aber Paula redet trotzdem weiter. »So einer wie Justin ist vielleicht ganz schnuckelig, aber verknall dich mal lieber nicht in den.«

»Mach ich nicht, keine Sorge!«, sage ich so ironisch wie möglich und ärgere mich im nächsten Moment über mich selber. In wen ich mich verliebe, geht sie ja wohl so was von gar nichts an!

»Gut«, antwortet Paula. »Justin ist nämlich keiner, der es ernst meint. Der ist doch höchstens was zum ...«

»Zum was?«, frage ich, und Paulas Grinsen wird noch breiter. Meint sie echt das, was ich denke, dass sie es meint?

Aber Paula sagt nichts mehr, stattdessen zwinkert sie mir bloß zu. Ich starre sie viel zu lange an, und meine Wangen werden immer heißer.

»Du bist doch ...«, fange ich an, aber dann fällt mir nichts mehr ein. Stattdessen drehe ich mich auf der Stelle um und verschwinde in einer Klokabine.

Hinter meinem Rücken macht Paula laute Knutschgeräusche.

Ich knalle die Tür hinter mir zu.

20:48 Uhr

Puh! Sie hat nur vom Küssen geredet! Und ich dachte schon, sie meint …

20:49 Uhr

Als ob Justin eine wie Paula jemals küssen würde!!!

20:50 Uhr

Die Tür zum Klovorraum fällt zu. Endlich sind sie weg!

Ich klappe den Klodeckel runter und setze mich darauf.

Von wegen Justin meint es nicht ernst und so!

Was soll das überhaupt heißen, ernst?

Ich will den doch nicht gleich heiraten!

20:51 Uhr

Ach, warum denke ich überhaupt darüber nach? Was weiß denn Paula schon! Und vor allem: Wen interessiert's, was die denkt? Die ist doch bloß neidisch, weil sie keiner küsst!

20:52 Uhr

Andererseits denkt Justin im Moment garantiert auch nicht daran, mich zu küssen. Er tanzt schließlich gerade mit Fabienne …

20:53 Uhr

Scheiße!

20:55 Uhr

Die Tür zum Kloraum geht schon wieder auf und zu.

Fabiennes Stimme sagt: »Das war sooo geil!«

»Aber echt«, antwortet Nadjas Stimme.

Und dann klappen rechts und links von mir die Türen zu den Klokabinen. Das darf ja wohl nicht wahr sein! Neben mir fängt es auf beiden Seiten an zu pieseln. Ich sitze ganz still, aber in meinem Kopf rattert es. Wenn die beiden gleich erst mal vorm Spiegel stehen und ihren Lidstrich nachziehen, wer weiß, wie lange das dauert? Ich habe echt keine Lust, stundenlang mit anzuhören, wie Fabienne von Justin schwärmt!

Und das heißt, ich habe nur eine Chance …

20:56 Uhr

Ich stürme aus der Kabine, wasche im Turbotempo die Hände und mache, dass ich wegkomme.

20:57 Uhr

Geschafft! Puh …

20:58 Uhr

Als ich zurück in den Gruppenraum komme, stehen die Jungs auf der Bühne und rocken. Amira winkt mir von unserem Tisch aus zu. Ich schlängele mich zu ihr durch und plumpse neben ihr auf den Stuhl. Okay, die Jungs brüllen mehr, als dass sie singen, aber Justin sieht echt sexy aus in seinem engen T-Shirt.

Schade, dass Handys bei den Gruppenaktivitäten verboten sind, sonst würde ich jetzt ein Video machen!

Aber auf jeden Fall gut, dass ich zurückgekommen bin.

(Und gut, dass Fabienne noch im Klo vor dem Spiegel steht …)

21:00 Uhr

Habe ich gerade gedacht, Justin sieht sexy aus in seinem T-Shirt?

Das ist gar kein Vergleich dazu, wie sexy er ohne Shirt aussieht!

Denn er hat es ausgezogen! Justin hat sein Shirt ausgezogen!!! (Lennard und Till auch, aber wen interessiert's?)

Alle Mädels kreischen und pfeifen und ich am allerlautesten!

21:01 Uhr

Der Song ist zu Ende, und Justin wirbelt sein Shirt grinsend über dem Kopf im Kreis. Er wird doch nicht … Doch! Er hat es losgelassen!!! Es fliegt genau in meine Richtung, es kommt direkt auf mich … KLATSCH!

Es klebt in meinem Gesicht.

21:02 Uhr

Das Shirt riecht gut, nach irgendeinem Jungsduft und nach noch etwas anderem, wahrscheinlich nach Justin … Ganz langsam pflücke ich es mir vom glühenden Gesicht. Amira grinst mich an, die anderen kreischen wie irre, und dann wird mein Gesicht noch zwei Stufen heißer, denn plötzlich steht Justin vor mir und sieht mir direkt in die Augen.

Wie kann man nur so wahnsinnig gut aussehen?

21:03 Uhr

Er streckt die Hand aus. Ach ja, sein Shirt! Das muss ich ihm wohl leider zurückgeben.

»Danke«, sagt er und grinst unnachahmlich süß.

»Bitte«, murmele ich.

(Bitte? Im Ernst?!)

21:04 Uhr

Justin ist zurück auf der Bühne, und ich fühle mich irgendwie verlassen. Verlassen und wahnsinnig glücklich gleichzeitig. Anscheinend wollen die Jungs noch einen Song performen, denn auch Lennard geht zurück auf die Bühne. Ich hatte gar nicht mitgekriegt, dass die alle runtergekommen sind! Nur Till geht weiter in den Raum hinein, er kommt zu unserem Tisch, er geht direkt auf Amira zu … Sie strahlt so sehr, wie ich es noch nie gesehen habe. Und jetzt nimmt Till sogar ihre Hand! Wahnsinn! Ich freue mich so für sie!

21:05 Uhr

Till zieht Amira in Richtung Bühne. Und sie? Versucht tatsächlich, mich mitzuziehen.

»Nein!«, zische ich, aber sie sieht mich bittend an und umklammert meine Hand so fest, dass es schon fast wehtut. Was soll ich tun? Einen Wrestlingkampf riskieren oder mit auf die Bühne gehen? Wo Justin mir schon entgegensieht …

21:06 Uhr

Ich stehe neben Amira auf der Bühne, während die Jungs einen Song aussuchen. Dabei kann ich das doch gar nicht! Mein Hals ist schon wieder komplett zugeschnürt. Und so tanzen wie Fabienne oder so cool performen wie die Jungs kann ich schon mal gar nicht!

Irgendwo im Publikum grölt jemand: »Lena! Lena!«

Oh nein, das ist Simon! Und jetzt fangen die anderen auch noch an: »Lena, Lena!«

Ich muss runter von der Bühne! Sonst werde ich mich so was von blamieren!!!

In dem Moment höre ich es. Beziehungsweise ihn. Amiras und

meinen Lieblingssong. Den haben wir schon total oft zu Hause in Amiras Zimmer gesungen. Tausend Mal oder so. Ich kann ihn in und auswendig.

Amira hält mir das Mikro vor die Nase und grinst.

»Na los, Lena! Den können wir!«

21:09 Uhr

Wir können ihn! Wir können ihn wirklich!

Okay, meine Stimme ist nicht rauchig und sexy, aber immerhin ist es eine Stimme und nicht bloß ein Krächzen. Und die Töne sind nicht total daneben, das sagt jedenfalls der Fernsehbildschirm. Je länger ich singe, umso leichter wird es und umso lauter und umso schöner. Ich fasse es nicht! Ich, Lena, stehe auf einer Bühne und singe! Und es macht einen Riesenspaß!!!

Die Jungs singen alle zusammen in ein Mikro und Amira und ich in das andere. Wir sind immer abwechselnd an der Reihe, und wenn wir dran sind, guckt Justin jedes Mal zu mir rüber. Amira und ich sind aber auch echt gut! Wir gehen voll ab, irgendwer grölt noch mal: »Lena!«, aber egal! Ich rocke, und wie!

Plötzlich ist das Lied vorbei, und auf dem großen Fernseher verkündet ein Grinse-Emoji: »Die Chemie zwischen euch scheint zu stimmen!«

Blitzmerker! Natürlich stimmt die, aber so was von!

Atemlos grinse ich Justin an.

Und er grinst zurück!

»Ihr seid echt cool«, ruft Till Amira zu.

Wir sind cool! Amira und ich strahlen uns an. Und dann zwinkert Justin mir auch noch zu!

Ich glaube, das wird doch noch was mit uns!

Tag 3

7:09 Uhr

Beim Aufwachen habe ich ein breites Grinsen im Gesicht. Das kann nicht mal Paulas dämlicher Wecker kaputt machen!

Ich habe die ganze Nacht von Justin geträumt. Wir haben gestern noch drei Songs zusammen performt, und es war (wie der Emoji nach Song 2 kommentierte) wirklich der reinste Gefühlsausbruch! Ein dämlicher Spruch, aber er stimmt! Jedes Mal, wenn Justin mich angesehen hat, hat es in meinem Bauch gekribbelt. Das tut es selbst jetzt noch, wenn ich wieder daran denke! Ich glaube, ich bin verliebt! In Justin, den süßesten Jungen der Schule – ach was, der ganzen Welt!

Immer noch breit grinsend schwinge ich die Beine aus dem Bett. Ich bin zwar müde, aber trotzdem kann ich es ausnahmsweise mal gar nicht erwarten, aufzustehen. Denn wer weiß, was heute noch alles passiert? Vor allem heute Abend, wenn wir endlich im Jungszimmer sind!

Aber erst mal kann ich Justin beim Frühstück anhimmeln … Gleich sehe ich ihn wieder!

7:48 Uhr

Ich bin fertig angezogen und geschminkt. Fehlen nur noch die Schuhe. Ob meine selbstbemalten Chucks noch zu retten sind? Die Matsche ist inzwischen zu harten Krusten getrocknet. Ich klopfe die Schuhe vorsichtig gegeneinander, und die erste fällt sofort ab. Na also!

7:58 Uhr

Nach zehn Minuten Klopfarbeit sieht man wieder ein bisschen was vom Muster, aber der Rest der Schuhe ist immer noch braun. So kann ich die auf gar keinen Fall anziehen!

Zum Glück habe ich auch noch weiße Chucks dabei. Weil Mama unbedingt wollte, dass ich »ordentliche Schuhe« als Ersatz mitnehme. Am liebsten hätte sie mir so voll spießige Lederschuhe verpasst, weil die angeblich besser für die Füße sind. Würg! Die weißen Chucks waren dann der Kompromiss.

Obwohl, die sind schon ganz okay.

8:07 Uhr

Dahinten sitzt er! Und er sieht sooo gut aus! Hach!

Schade nur, dass er die ganze Zeit mit Lennard quatscht und nicht ein einziges Mal zu mir rüberguckt. Andererseits: So kann ich ihn wenigstens die ganze Zeit anhimmeln, ohne dass er es merkt!

Müsli essen kann ich ja auch, ohne hinzusehen.

8:10 Uhr

Der Schokomüslilöffel verfehlt meinen Mund, kracht gegen meine Wange und schwappt auf mein Shirt. Bräunliche Flüssigkeit mit undefinierten Bröckchen darin … Oh nein, das sieht aus, als hätte ich mich vollgekotzt!

WARUM passiert so was immer mir?

Hoffentlich hat Justin das nicht gesehen!

8:11 Uhr

Puh! Er guckt zum Glück immer noch in die andere Richtung. Lennard labert gerade irgendwas, und Justin und Till lachen sich darüber schlapp. Hoffentlich ist das eine längere Story, so was wie Star Wars oder die Bibel oder so.

Die Milch zieht immer tiefer in mein Shirt ein.

Ich brauche eine Serviette! Warum ist hier nirgendwo eine Serviette?

»Hast du ein Taschentuch?«, zische ich Amira zu.

Sie verdreht die Augen und kramt in ihren Hosentaschen. Dann schüttelt sie den Kopf.

Und jetzt?

8:12 Uhr

Ich husche mit dem Rücken zum Jungstisch und der Hand vor der Müslikotze zu den Servietten, die neben dem Geschirr liegen. Fabienne quatscht zum Glück gerade mit Nadja und merkt nichts, aber Simon sieht mich verdammt neugierig an.

Ignorieren! Tu einfach so, als wäre alles ganz normal, Lena!

8:13 Uhr

Ich habe eine Serviette! Endlich! Aber Simon glotzt immer noch, und jetzt dreht sich auch noch Justin zu mir um! Wie sieht das denn aus, wenn ich mir vor deren Augen auf der Brust herumwische?

8:14 Uhr

Auf dem Klo. Hier bin ich alleine, und es gibt Klopapier in rauen Mengen. Und Wasser! Mit nassem Klopapier müsste das doch eigentlich …

8:15 Uhr

Oh nein! Jetzt habe ich einen riesigen Fleck genau auf der linken Brust! Und mit trockenem Klopapier darauf herumzurubbeln bringt ganz genau gar nichts – außer dass jetzt auch noch kleine Papierkrümelchen auf dem Fleck kleben.

So kann ich doch nicht zurückgehen!

8:17 Uhr

Und wenn ich die Brust mit dem nassen Fleck in den Handtrocknerschlitz hänge?

8:18 Uhr

Es funktioniert! Das Teil macht zwar einen Höllenkrach, und bequem ist es auch nicht gerade, aber der Fleck wird langsam blasser.

8:19 Uhr

Das Shirt ist zwar komplett trocken, aber man sieht den Fleck immer noch. Es hilft nichts: Ich muss zurück ins Zimmer und mich umziehen.

Oh Mann! An Punkt drei auf unserer Liste (cooles Benehmen) muss ich echt noch arbeiten!

8:25 Uhr

Mit frischem T-Shirt auf dem Weg zurück zum Speisesaal. Die anderen kommen mir schon aus der Tür entgegen.

»Falsche Richtung, Lena«, sagt Herr Petersen.

»Aber ich will noch was essen!«

»Keine Zeit. Wir treffen uns um halb neun vor der Jugendherberge.«

»Was? Aber …«

»Pünktlich!« Er sieht mich streng an.

»Ja, klar! Ich will nur kurz …«

Schnell husche ich in den Speisesaal. Ich muss was essen! Mein Magen knurrt total! Kein Wunder eigentlich, da sind ja nur ein paar Löffel Müsli drin … Aber unser Tisch ist schon abgeräumt, genau wie die anderen Tische unserer Klasse. Und jetzt?

Ich flitze zum Büffet. Müsli, Brötchen, Käse, Marmelade … Keine Zeit! Ich schnappe mir zwei Laugenbrezeln und einen Apfel, das muss reichen.

Schon kurz vor halb! Jetzt aber schnell!

8:29 Uhr

Wieder im Zimmer. Amira steht mit gepacktem Rucksack in der Tür.

»Da bist du ja endlich!« Ihr Blick wandert zu meinem T-Shirt, dann zur Uhr an der Wand. »Beeil dich, Lena!«

»Ich mach ja schon …«

8:30 Uhr

Kurzer Check im Spiegel: Das Augen-Make-up sieht gut aus. Noch schnell den einen Pickel besser abdecken …

8:31 Uhr

»Le-na!«

»Ja-a! Nur noch den Rucksack packen!«

Was brauche ich, was brauche ich? Schminkzeug, Bürste, Handy, Geldbörse, meine Wasserflasche …

»Ich geh schon mal vor, okay?«

»Warte, ich komm mit!«

8:52 Uhr

In der S-Bahn sitzen wir auf den Gangplätzen eines Vierers, neben uns irgendwelche fremden Erwachsenen. Blöderweise haben die Lehrer darauf bestanden, dass wir uns alle hinsetzen, sonst hätten wir uns natürlich in die Nähe der Jungs gestellt. Jetzt sind sie ziemlich weit weg, fast am anderen Ende des Waggons. Aber wenn der dunkelblonde Kopf schräg hinter Amira und der mit den grauen Locken zwei Plätze weiter sich mal zufällig auseinanderbewegen (was sie viel zu selten tun!), kann ich immerhin einen Blick auf Justins Gesicht erhaschen. Nur leider gucken seine blauen Augen nie in meine Richtung …

Amira beugt sich vor und zischt: »Nicht so auffällig, Lena!«

Was hat die denn für eine Laune?

»Ist das jetzt Punkt sechs: Niemals den Hals so lang machen wie eine Giraffe?«, frage ich, aber Amira lacht nicht. Sie lächelt nicht mal. Im Gegenteil: Sie guckt so böse, dass ich den Hals schnell wieder einfahre.

Obwohl das ja totaler Quatsch ist! Ich meine, wenn Justin nie herguckt, kann er schließlich gar nicht sehen, wie ich mir den Hals verrenke, oder?

8:54 Uhr

»Die Jungs haben das gar nicht gesehen«, flüstere ich Amira zu.

»Die Jungs vielleicht nicht …« Sie verdreht die Augen nach rechts.

Ich folge ihrem Blick und sehe genau in Nadjas Gesicht. Jedenfalls für eine Sekunde, bevor ihr Kopf hinter dem eines alten Mannes verschwindet.

Oh, Mist!

8:56 Uhr

Warum guckt Justin eigentlich kein einziges Mal her?

Hat er vorhin etwa doch was von der Müslikatastrophe mitgekriegt?

Hoffentlich nicht!!!

8:59 Uhr

Plötzlich sprintet Herr Petersen durch den Gang.

»RAUS!«, brüllt er und ist schon an uns vorbei.

Alle Schülerköpfe starren ihm hinterher. Hä?

Jetzt taucht die Klein neben uns auf und wedelt hektisch mit den Armen.

»Alle raus! Schnell!«

Ganz langsam stehen wir auf. Auf dem Vierer neben uns fragt Murat: »Warum die Panik?«

»Deine blöden Sprüche haben mir gerade noch gefehlt!« Frau Kleins Stimme überschlägt sich fast. »Aussteigen jetzt! Aber schnell!«

»An der nächsten Haltestelle?«, frage ich. Die Türen sind schließlich schon ewig lange geöffnet.

»Nein, hier!«

»Aber das schaffen doch gar nicht mehr alle«, sagt Amira.

Sie hat recht: Justin, Till und Lennard am anderen Ende des Waggons stehen gerade erst auf. Und bevor die nicht bei der Tür sind, gehe ich auf gar keinen Fall raus!

Frau Kleins Gesicht ist knallrot. »Natürlich schaffen wir das! Na los!«

In dem Moment schließen sich die S-Bahn-Türen. Die Klein drückt hektisch auf den Knopf, aber der leuchtet nicht mehr. Die Tür bleibt zu, und die Bahn fährt los.

»Scheiße!«, ruft Frau Klein. Und dann zu uns: »Das habt ihr nicht gehört.«

»Ein Glück, dass wir nicht ausgestiegen sind«, raunt Amira mir zu.

9:28 Uhr

Von wegen ein Glück! Weil wir die richtige Haltestelle verpasst haben, latschen wir schon seit einer halben Ewigkeit durch irgendwelche Straßen, die alle gleich aussehen. Und was noch schlimmer ist: Herr Petersen ist zu blöd für das Navi auf seinem Handy. Mit dem Ergebnis, dass wir am Anfang stundenlang in die falsche Richtung gelaufen sind!

Jetzt glotzt die halbe Klasse beim Gehen aufs Handy und brüllt irgendwelche Straßennamen. So viel zu: »Handys sind bei Gruppenaktivitäten verboten!«

Eigentlich dürfen wir sie nur tagsüber in der Freizeit benutzen oder wenn wir alleine unterwegs sind, falls wir uns mal verlaufen.

Obwohl, so gesehen … Wir haben uns ja verlaufen, nur eben alle zusammen.

Jedenfalls, Paula, Selina und Kai sind voll dabei, aber auch Lennard und Justin. (Der immer noch kein einziges Mal zu mir rübergeguckt hat. Seufz!) Am Anfang habe ich auch mitgemacht, aber es hat eh keiner auf mich gehört. Jetzt setze ich bloß noch einen Fuß vor den anderen. Hoffentlich sind wir bald da!

9:35 Uhr

»Die Lehrer haben sich verquatscht«, sagt plötzlich eine Jungenstimme neben mir.

Mit klopfendem Herzen sehe ich auf – aber es ist nicht Justin, sondern Simon. Auf seinem T-Shirt steht heute irgendwas quer Gedrucktes. Ich lese: »Jetzt gehörst du auch zu den Trotteln, die den Kopf drehen, um dies zu lesen.« Oh Mann! Schnell drehe ich meinen Kopf wieder gerade.

Simon beobachtet mich grinsend. »Die Lehrer haben sich verquatscht«, sagt er noch einmal. »In der S-Bahn. Deshalb haben wir die Station verpasst.«

»Ja, und? Wieso erzählst du mir das?«

»Ich dachte, es interessiert dich vielleicht.«

»Tut es nicht!« Wie werde ich den Kerl bloß wieder los? Wenn einer sieht, wie ich mit dem rede, kann ich mir auch gleich »uncool« auf die Stirn stempeln! (Punkt vier! Punkt vier auf der Liste!)

9:36 Uhr

Ich gehe schneller, aber Simon bleibt neben mir. Und er sieht mich immer noch so an! Warum nur? Sonst reden wir doch auch nicht miteinander!

Okay, in der Grundschule waren wir mal befreundet und haben öfter zusammen gespielt, aber das ist ja schon ewig her. Da waren wir noch Kinder! Außer uns erinnert sich garantiert keiner mehr daran. Und das soll auch so bleiben!

»Sonst noch was?«, frage ich.

»Nein, nein.« Er zuckt mit den Schultern, und ich gehe noch schneller weiter, um ihn abzuhängen und endlich wieder neben Amira zu sein.

9:43 Uhr

Da vorne ist das Museum. Endlich! Meine Füße tun weh, ich schwitze, und mein Magen knurrt. Bänke! Meine Rettung!

9:44 Uhr

Herr Petersen marschiert direkt auf den Eingang zu. Nicht sein Ernst!

»Frau Klein, ich muss aufs Klo«, sagt Emma.

»Okay, aber mach schnell, wir sind schon viel zu spät dran«, antwortet Frau Klein. Und dann brüllt sie über den ganzen Museumsplatz Herrn Petersen hinterher: »Stefan, wir brauchen eine Pipipause!«

Lehrer sind echt so was von peinlich.

9:45 Uhr

Plötzlich müssen alle aufs Klo. Amira und ich landen ungefähr in der Mitte der Schlange. Als wir wieder rauskommen, stehen noch drei Mädchen an. Das heißt, es dauert noch, bis wir ins Museum gehen. Sehr gut!

9:52 Uhr

Vor dem Museum sind schon alle Bänke besetzt, hauptsächlich von den Jungs, natürlich. Vor dem Jungsklo war nämlich mal wieder keine Schlange. Echt typisch!

Aber leider ist neben Justin kein Platz mehr frei.

9:53 Uhr

Wenn wir hier jetzt eh blöd rumstehen, kann ich doch eigentlich auch was essen, oder? Ich habe nämlich einen Riesenhunger! Stichwort: Laugenbrezeln. Nur: Wo sind sie?

Ich entleere den kompletten Inhalt meines Rucksacks auf Amiras Arme, die nicht gerade begeistert guckt. Aber mein Essen bleibt verschwunden. Wahrscheinlich habe ich es vorhin im Zimmer liegen lassen. Kein Wunder eigentlich, bei dem ganzen Stress! Und jetzt? Ich kann ja schlecht meinen Rucksack essen!

9:59 Uhr

Amira hat mir ihren Apfel geschenkt, aber ich bin immer noch total hungrig.

10:02 Uhr

Wir stehen in der Eingangshalle rum. Frau Klein labert irgendwas darüber, wie wichtig und bedeutend das Museum ist, besonders die Sammlung mit blablabla …

10:07 Uhr

Auf einmal setzen sich alle in Bewegung. Ist die Klein schon fertig? Ich hab die letzten Minuten irgendwie komplett verpasst. Erst hab ich Justin angehimmelt, aber irgendwann hat Lennard, der neben ihm steht, mich so merkwürdig angesehen, also hab ich stattdessen aus dem Fenster geguckt und davon geträumt, wie Justin mich heute Abend küsst …

Wo sind die Jungs eigentlich? Sind die etwa schon weg?

10:08 Uhr

»Komm, Lena!« Amira läuft zielstrebig einen Gang hinunter und geht in den ersten Raum. Hier ist alles voll mit ausgestopften Tieren und Schautafeln.

Aber von den Jungs keine Spur.

10:09 Uhr

Vier Räume weiter. Immer noch keine Jungs! Und die anderen sind auch alle weg. Es gibt in diesem Museum einfach viel zu viele Räume …

Ein Skelett starrt mich aus dunklen Augenhöhlen an. Ob das wirklich echte Knochen sind? Auf dem Schild steht, ja. Ich taste nach meinen eigenen Rippen. Schon komisch, dass so was in mir drin sein soll …

Amira neben mir gähnt.

10:10 Uhr

»Pssst!«

Was war das? Oder wer?

10:11 Uhr

»Hey, Mädels!«

Es sind die Jungs! Sie winken uns aus dem Gang zu. Nein, noch besser: Sie winken uns zu sich herüber!

»Kommt ihr mit raus?«, fragt Till.

»Wie, raus?«, frage ich zurück.

»Na, raus! Vor die Tür«, sagt Justin. »Oder wollt ihr etwa freiwillig hierbleiben?«

»Klar«, sagt Amira.

»Nein!«, rufe ich.

Lennard grinst. »Was denn jetzt?«

»Ja, wir kommen mit raus«, sagt Amira.

»Nein, wir wollen nicht hierbleiben«, sage ich.

»Super!« Till lächelt Amira an, und sie schmilzt sofort dahin. Ein Wunder, dass keine kleinen Herzchen aus ihren Augen ploppen!

»Kommst du, Lena?«, fragt Justin.

Ich schwebe hinter ihm her in Richtung Museumstür.

10:15 Uhr

Ich schwebe aus der Tür hinaus …

»Lennard! Justin! Ti-ill! Hu-hu!!«

… und lande unsanft wieder auf dem Boden der Tatsachen. Wir sind anscheinend nicht die Einzigen, die die Jungs gefragt haben.

Denn wer sitzt schon vor dem Museum auf der Rückenlehne einer Bank und winkt den Jungs breit grinsend zu?

Fabienne und Nadja.

Wer sonst?

10:17 Uhr

Fabienne guckt genauso unbegeistert wie wir. »Was wollt ihr denn hier?«

»Die Jungs haben uns gefragt, ob wir mit rauskommen«, antwortet Amira.

»Kein Gezicke, hier ist Platz für alle«, sagt Justin. Was ich echt cool von ihm finde! Weniger cool: dass er sich danach direkt neben Fabienne auf die Banklehne setzt.

Aber auf Justins anderer Seite ist schließlich noch ein Platz frei!

10:18 Uhr

»Kaugummi?« Justin hält mir eine Packung hin.

»Gerne!« Ich schenke ihm mein schönstes Lächeln, und er grinst mich total süß an.

Natürlich gibt er nicht nur mir einen Kaugummi, sondern allen. Aber mir hat er es zuerst angeboten! Und das heißt ja wohl was, oder?

10:19 Uhr

Amira macht eine Riesenblase. Das ist so ein Tick von ihr: Sie kann kein Kaugummi kauen, ohne Blasen zu machen.

Sind Kaugummiblasen cool? Ich bin mir nicht sicher …

10:20 Uhr

»Zeigst du mir, wie das geht?«, fragt Till. »Bei mir platzen die immer total schnell.«

»Klar!« Amira lächelt verlegen. »Der Trick ist, ganz langsam und gleichmäßig zu pusten. So …« Sie macht eine Megablase und lässt sie wieder platzen.

Till versucht, es ihr nachzumachen, aber es klappt nicht so richtig. Einmal, zweimal … Dann schafft er es und strahlt Amira an. Und plötzlich wächst auch aus Nadjas Mund eine Riesenblase.

»Ich kann's!«, ruft sie, nachdem das Teil geplatzt ist.

Auf einmal wollen alle Blasen machen: die Jungs und sogar Fabienne.

10:23 Uhr

Es klappt! Bei allen! Sogar bei mir, dabei hab ich es zu Hause noch nie hingekriegt!

»Jetzt zusammen«, sagt Justin, und wir machen sieben Riesenblasen auf einmal. Er hält drei Finger in die Luft, dann zwei, dann einen, und dann lassen wir die Blasen alle gleichzeitig platzen.

Till sagt zu Amira: »Cool, dass du uns das beigebracht hast!«

»Ja, cool!«, ruft Fabienne. »Das wollte ich schon immer können!«

Ich fasse es nicht!!! Hat sie gerade echt gesagt, dass wir cool sind?

10:24 Uhr

Okay, sie hat gesagt, dass Amira cool ist.

Beziehungsweise ihre Kaugummiblasen.

Aber trotzdem!

10:25 Uhr

Wir machen die Aktion mit den Kaugummiblasen noch mal, und Justin filmt dabei. Er will das Video auf seinem Kanal hochladen.

Ist das nicht geil? ICH in einem Video mit Justin!

10:28 Uhr

Justin zeigt uns das Video auf seinem Handy. Wir müssen die Köpfe ziemlich dicht zusammenstecken, damit wir alle was sehen können. (Nicht dass es mir was ausmachen würde, so dicht neben Justin zu sein!)

Er hat das Video so geschnitten, dass die Kaugummiblasen ein paarmal größer und wieder kleiner werden, bevor sie am Ende platzen. Sooo cool! Und die Musik passt auch super dazu.

10:30 Uhr

Plötzlich steht Lennard auf. »Kommt ihr mit klettern?«

»Wo kann man hier denn klettern?«, fragt Amira.

»Überall«, sagt Lennard. »Klettern kann man überall.« Er latscht los, quer über den Museumsplatz. Dann packt er die Hand einer Statue. Er wird doch nicht … Doch! Er klettert die Statue hoch!

Die anderen Jungs springen auch von der Bank, und plötzlich bin ich direkt neben Fabienne.

»Jungs«, sagt sie und verdreht die Augen unter perfekt geschminkten Lidern, aber sie lächelt dabei. Ihre langen Haare wehen im Wind. Echt komisch, auf einmal so dicht neben ihr zu sitzen.

Nadja am anderen Ende der Bank zieht die Schuhe aus und massiert sich die Füße. »Dass die Jungs jetzt klettern wollen! Also ich bin echt froh, dass ich sitzen kann nach dem ganzen Gelatsche vorhin.«

»Ich auch«, sagt Amira.

»Wie kann man nur so blöd sein, die Haltestelle zu verpassen?«, fragt Fabienne.

»Die haben sich verquatscht, die Lehrer«, sage ich. »Hab ich jedenfalls gehört.«

Nadja zieht ihre Schuhe wieder an. »Und wie die gequatscht haben! Wir saßen nämlich genau daneben.«

Fabienne grinst. »Ich sage euch … Da läuft was!«

WAAAS? Ich verschlucke mich fast an meinem Kaugummi.

Amira fragt: »Zwischen dem Petersen und der Klein? Im Ernst?«

»Klar!«, behauptet Fabienne. »Achtet mal drauf, wie die sich immer ansehen! Und gestern Abend haben sie bei der Klein im Zimmer Wein getrunken. Wir haben gesehen, wie der Petersen mit der leeren Flasche aus ihrem Zimmer kam!«

Der Petersen und die Klein … Ich glaub's ja nicht!

Obwohl … Andererseits … Wir hatten ja auch Sexualkunde bei der Klein …

»Bist du sicher, dass die nur Wein getrunken haben?«, frage ich grinsend. »Vielleicht hat die Klein ja für Sexualkunde recherchiert!«

Plötzlich ist es ganz still. Amira, Fabienne und Nadja starren mich an, und mir wird immer heißer. Warum habe ich das bloß gesagt?

Plötzlich fängt Fabienne kreischend an zu lachen. »Oh Mann! Du hast ja eine Fantasie! Könnt ihr euch das vorstellen, die Lehrer, wie die …«

Und Nadja säuselt: »Oh, Stefan! Zieh dein Hemd aus!« Weiter kommt sie nicht, denn wir kriegen einen Mega-Lachanfall.

Ob der Petersen und die Klein wirklich ...?

Das will man sich doch echt nicht vorstellen!

10:33 Uhr

Fabienne tupft sich mit einem Taschentuch die Tränen aus dem Lidstrich, Nadja gluckst immer noch leise vor sich hin, und Amira macht eine Kaugummiblase.

Genau diesen Moment sucht sich mein Magen aus, um laut zu knurren. Sehr laut.

»Was war das denn?«, fragt Fabienne.

»Keine Ahnung«, sagt Nadja.

Amira zuckt mit den Schultern.

Und ich lege beide Hände auf den Bauch, damit es keiner hört, falls mein Magen noch einmal ...

KNURR!!!

Mist!

»Sorry«, murmele ich.

»War das etwa dein Magen?«, fragt Fabienne.

Ich nicke. Und dann starre ich auf den Boden und warte auf einen fiesen Spruch von ihr.

10:34 Uhr

Ich warte immer noch, aber es kommt kein Spruch.

Was stattdessen kommt: eine Tafel Schokolade. Vollmilch-Nuss, meine Lieblingssorte! Genau das, was ich jetzt brauche! Und direkt vor meinem Gesicht.

Träume ich? Oder bin ich gestorben und im Paradies gelandet?

Vorsichtig blicke ich auf. Nadja steht vor mir.

»Willst du?«, fragt sie und lächelt mich an.

»Gerne!«

10:35 Uhr

Die Schokolade schmeckt himmlisch! Mein Magen knurrt gleich noch einmal, aber vor Freude. Ups! Ich schiele zu den anderen rüber, aber die grinsen bloß.

»Hast du nichts gefrühstückt?«, fragt Fabienne.

»Nicht wirklich.«

»Kenn ich. Ich krieg morgens auch nichts runter.«

Ich zucke mit den Schultern. Ich habe morgens immer einen Riesenhunger, aber ich werde ihr bestimmt nicht den echten Grund sagen, warum ich nichts gegessen habe!

»Hier, nimm noch was«, sagt Nadja und wedelt mit der Schokolade.

Ich breche mir noch ein Stück ab. Nadja ist echt nett!

Hätte ich nie gedacht.

10:36 Uhr

Die Sonne scheint, wir kauen Schokolade und sehen den Jungs beim Klettern zu.

»Sieht er nicht total gut aus?«, fragt Fabienne, und sofort bin ich wieder total angespannt. Will sie mir jetzt ernsthaft was über Justin vorschwärmen?

»Wer?«, fragt Amira. »Justin?«

»Der sieht echt gut aus«, sage ich schnell.

Fabienne schüttelt den Kopf. »Nee, wieso denn Justin? Lennard natürlich! Oder stehst du etwa auf Justin, Lena?«

»Ähm …«, stammele ich.

»Na?« Sie sieht mir direkt ins Gesicht.

»Natürlich nicht!«, behaupte ich.

»Also ja«, sagt Fabienne. Aber sie sieht gar nicht sauer aus, sondern fast … irgendwie erleichtert?

»Und du?«, fragt Amira Fabienne. »Stehst du etwa auf Lennard?«

»Natürlich nicht!« Fabienne grinst mich an. »Genauso wie Lena nicht auf Justin steht!«

10:37 Uhr

Die Sonne scheint immer noch, wir kauen immer noch Schokolade und sehen den Jungs beim Klettern zu.

Und das Leben ist einfach nur schön! Denn Fabienne steht auf Lennard! Nicht auf Justin, sondern auf Lennard!

10:38 Uhr

»Übrigens, geiler Lidschatten«, sagt Nadja.

Meint sie mich? Nein, sie sieht Amira an.

»Danke! Der heißt Glimmershock. Kann ich dir gerne mal ausleihen.«

»Mir auch?«, fragt Fabienne.

»Klar!«

»Cool. Heute Abend?«

»Ähm … Da brauch ich ihn zwar auch selber, aber … klar!«

»Was ist denn heute Abend?«, frage ich.

»Ach, nichts«, sagt Nadja und sieht Fabienne fragend an. »Oder?«

Fabienne winkt uns zu sich, und wir rücken ein Stück näher an sie ran. Dann flüstert sie: »Wir hängen wieder bei den Jungs ab. Kommt doch auch, wenn ihr Bock habt.«

Mein Herz setzt einen Schlag aus. Hat sie das wirklich gerade gesagt?

»Klar«, sagt Amira mit viel zu dünner Stimme.

»Nach dem Abendessen bei uns«, sagt Fabienne. »Und bring den Lidschatten mit!«

Dann zieht sie ihr Handy aus der Hosentasche und fängt an, die Jungs beim Klettern zu fotografieren.

»Klar«, sagt Amira noch mal, und wir grinsen uns hinter Fabiennes Rücken an.

Wir haben es geschafft! Wir gehen ins Jungszimmer!!!

10:40 Uhr

»Was ist denn hier los?«, fragt plötzlich eine tiefe Stimme hinter uns.

Scheiße, der Petersen!

10:42 Uhr

Amira und ich latschen zusammen mit Fabienne, Nadja und den Jungs zurück ins Museum. Hinter uns labert der Petersen irgendwas von unfassbar, »Vertrauen missbraucht« und so weiter.

Aber wen interessiert's? Amira und ich gehen heute Abend mit Fabienne und Nadja zu den Jungs!!!

Gut, dass der Petersen nur unsere Hinterköpfe sieht und nicht unsere breit grinsenden Gesichter.

10:46 Uhr

Was ist das eigentlich für ein komisches Muster auf Herrn Petersens Hemd? Sind das Karos oder irgendwas anderes? Kleine Würfel vielleicht? Auf jeden Fall verschwimmt es vor den Augen, wenn man zu lange draufstarrt. Aber was bleibt mir anderes übrig, wenn er uns im Vorraum des Museums eine Standpauke hält?

10:47 Uhr

Ob er das hässliche Teil wirklich für Frau Klein auszieht?

Lalala, ich will's mir gar nicht vorstellen!!!

Obwohl … Witzig ist es ja irgendwie schon … Aber jetzt nicht grinsen, Lena!

10:48 Uhr

Ob die anderen Mädels auch gerade daran denken?

Nee, Amira neben mir sieht aus, als würde sie gleich einschlafen, und Fabienne und Nadja gucken aus dem Fenster.

Ich linse zu Justin hinüber. Er starrt auf den Boden. Schade …

Nein, jetzt hebt er den Kopf! Ob er gemerkt hat, dass ich ihn ansehe? Meine Wangen fangen an zu glühen, und ich gucke automatisch weg.

10:49 Uhr

Sei nicht albern, Lena!

Ich sehe wieder hin, und Justin zwinkert mir zu. Er zwinkert mir zu!

Ob er mich heute Abend wirklich küssen wird?!

10:51 Uhr

Neben mir flüstert Fabienne Nadja irgendwas ins Ohr.

»Fabienne! Hör gefälligst zu, wenn ich mit dir rede!«, kläfft der Petersen.

»Sorry, Herr Petersen.«

Der hat ja eine Laune! Justin starrt schnell wieder auf den Fußboden. Ich sollte besser auch nicht so viel in der Gegend rumgucken, sonst schnauzt der Petersen als Nächstes mich an. Also wieder das Hemd: Karos oder Würfel? Echt schwer zu entscheiden …

10:52 Uhr

»Und zwar einzeln! Habt ihr das verstanden?«

Oh, oh! Vielleicht wäre Zuhören doch besser gewesen. Was will er von uns?

»… Berichte über die Ausstellung, und zwar schriftlich! Mindestens drei Seiten!«

Berichte? Was für Berichte?

»Mitkommen!«, befiehlt Herr Petersen.

Also trotte ich hinter ihm her, genau wie die anderen.

10:54 Uhr

Vor dem ersten Ausstellungsraum bleibt Herr Petersen stehen.

»Justin!«, sagt er und zeigt auf den Eingang.

Justin guckt zwar alles andere als begeistert, aber er latscht los. Das ist meine Chance, mit ihm alleine zu sein! Doch ich habe noch keine zwei Schritte getan, da raunzt der Petersen: »Du nicht, Lena! Jeder alleine, habe ich gesagt! Und die Berichte darüber schreibt ihr gefälligst auch alleine!«

»Okay«, murmele ich. Mehr traue ich mich nicht, weil er so verdammt wütend aussieht.

Aber jeder alleine? Das ist doch total bescheuert!

10:58 Uhr

»Lena, du bist dran.«

Ich werfe Amira und Nadja einen gequälten Blick zu. Die beiden sind die letzten, die außer mir noch übrig sind.

»Na los, Lena!« Herr Petersens Augen sind kleine Schlitze. Ein Wunder, dass er überhaupt erkennt, wer ich bin.

Seufzend drehe ich mich um und trotte in den Raum mit der Überschrift »Illusion«.

Eigentlich ganz passend. Es ist nämlich eine Illusion von Herrn Petersen, wenn er glaubt, dass mich irgendetwas in diesem Raum interessieren könnte.

10:59 Uhr

Der Raum ist ziemlich klein, und er enthält nur weiße Wände. Wie soll ich darüber bitte drei Seiten schreiben? Ach nee, Moment mal, an der vierten Wand ist doch was, eine Tür. Und eine Infotafel. Davor steht ein Junge, der die Infotafel liest, als wäre sie das Interessanteste, das er jemals … Oh nein, das ist Simon!

11:00 Uhr

Ob es sehr auffällt, wenn ich wieder rausschleiche und mich auf dem Klo verstecke?

Simon guckt hoch. Mist! Wäre ich mal schnell abgehauen!

»Hi! Wo kommst du denn her?«

»Woher wohl? Aus dem Flur«, brummele ich.

»Interessierst du dich auch für optische Illusionen?«

»Kein bisschen!« Denkt er, ich bin so ein Nerd wie er, oder was?

»Großer Fehler«, behauptet er.

»Ach was«, sage ich und zücke mein Handy, um die Infotafel zu fotografieren.

Simon zieht die Augenbrauen hoch. »Willst du das gar nicht lesen?«

»Nein«, sage ich. Warum sollte ich in der staubigen Luft des Museums irgendwelches Wissenschaftsblabla lesen? Ich will vor dem Museum mit den anderen in der Sonne abhängen!

»Nee, ist klar. Da müsstest du ja dein Gehirn anstrengen.«

»Haha.«

»Komm mal her«, sagt er.

»Warum?«

»Ich will dir was zeigen.«

Ich gehe einen Schritt nach hinten.

Simon seufzt. »Oh Mann, ich will dir das Experiment zeigen! Was dachtest du denn?«

Ich mustere ihn. In meinem Kopf rattert es. Simon ist ein Nerd, also hat er Ahnung. Und ich muss einen Bericht über das Experiment schreiben. Es wäre vermutlich schlau, sich alles von ihm erklären zu lassen, oder? Umso schneller bin ich hier wieder raus.

(Mit ihm zu reden verstößt zwar krass gegen Punkt vier auf der Liste, aber erstens sieht das ja keiner und zweitens … scheiß auf Punkt vier! Die Liste brauche ich jetzt eh nicht mehr. Schließlich gehe ich heute Abend ins Jungszimmer! Sobald ich diesen Raum abgehakt habe jedenfalls.)

11:01 Uhr

»Okay«, sage ich zu Simon, gehe zu ihm rüber und stelle mich neben ihn. Mit ziemlich großem Abstand. »Und jetzt?«

Er lächelt mich an. Ich ziehe meine Mundwinkel auch ein kleines Stück nach oben. Nicht zu weit natürlich, damit er sich nichts einbildet.

»Sieh mal da hinein.« Er zeigt auf ein Guckloch in der Wand. Das habe ich vorher gar nicht bemerkt. Ich zögere einen Moment. Wer weiß, ob er mich nicht doch reinlegen will? Andererseits: Dies ist ein Museum, der langweiligste Ort auf dem Planeten. Was soll da schon passieren?

Also gucke ich mit einem Auge durch das Guckloch und sehe … noch einen Raum. Was soll daran jetzt bitte spannend sein? Ich drehe mich zu Simon um, aber der ist verschwunden.

Na super! Was soll ich denn jetzt in den blöden Bericht schreiben?

11:03 Uhr

Hinter dem Guckloch bewegt sich was. Simon ist in dem Raum hinter dem Guckloch! Er geht in die hintere linke Ecke, bleibt dort stehen und winkt mir zu. War er eigentlich schon immer so klein? Er hört auf zu winken und geht los in Richtung hintere rechte Ecke. Dabei wird er immer größer, bis er in der rechten Ecke plötzlich mindestens doppelt so groß ist!

Simon grinst in meine Richtung und geht zurück in die linke Ecke, wo er als Zwerg wieder auftaucht. Hä???

Jetzt kommt er auf mich zu und wird dabei immer normaler, dann öffnet sich eine Tür in der Wand neben mir, und Simon ist wieder in meinem Raum.

»Wie hast du das gemacht?«, frage ich.

»Verrate ich nicht!«

»Sag schon! Wie hast du …?«

»Vielleicht kann ich ja zaubern.«

»Haha, sehr witzig! Jetzt sag!«

»Du wolltest die Infotafel ja nicht lesen.«

Infotafel, pah! Ich werfe ihm einen finsteren Blick zu und reiße die Tür zum Nebenraum auf. Dann werde ich eben selber nachsehen, wie …

Was ist das denn???

11:06 Uhr

Auf der linken Seite ist der Raum viel höher als auf der rechten Seite! Der Fußboden und die Decke sind nämlich schräg. Und die Rückwand ist auch schräg, die ist auf der linken Seite viel weiter hinten als auf der rechten.

Hä? Durch das Guckloch sah das doch alles ganz normal aus!

Ich flitze aus dem Raum und zurück zum Guckloch.

11:08 Uhr

Durch das Guckloch ist der Raum immer noch auf beiden Seiten gleich hoch. Und dass die Rückwand schräg ist, sieht man auch nicht.

»Das kapier ich nicht«, murmele ich. »Wie geht das?«

Simon lacht.

»Lach nicht!«

Ich flitze zurück in den Raum.

Immer noch alles schräg.

11:09 Uhr

»Erklär's mir!« Ich baue mich vor Simon auf und stemme die Hände in die Hüften. »Und hör gefälligst auf, so blöd zu grinsen!«

»Hättest du die Infotafel gelesen …«

Ich starre ihn so grimmig an, dass er verstummt.

»Also gut. Das ist ein Ames-Raum«, sagt Simon. »Er basiert auf einer optischen Täuschung. Das Muster auf dem Fußboden und an den Wänden ist so gestaltet, dass dein Gehirn denkt, der Raum ist normal gerade. Und dann berechnet es im Verhältnis dazu meine Größe neu.«

»Kapier ich nicht.«

Simon seufzt. »Also: Wo die Decke hoch ist, bin ich nur halb so groß wie die Raumhöhe. Also denkt dein Gehirn, ich bin klein. Und wo die Decke niedrig ist, bin ich fast genauso groß wie die Raumhöhe. Also denkt dein Gehirn, ich bin riesig.«

»Okay … Aber wieso sehe ich nicht, dass die Decke schräg ist?«

»Optische Täuschung«, sagt Simon. Und: »Wenn du mehr wissen willst, lies die Infotafel.«

Ich seufze. Und lese mir die Infotafel durch, aber auf der steht auch nur noch mal dasselbe in lang.

»Das hast du aber besser erklärt«, sage ich, als ich fertig bin.

»Danke.« Täusche ich mich, oder werden seine Wangen ein bisschen rot?

»Aber wenn man es weiß, sieht man es bestimmt. Oder?«, überlege ich laut.

»Probier es aus.«

»Okay! Dann geh noch mal rein.«

»Zu Befehl!« Simon salutiert grinsend.

Aber obwohl ich jetzt weiß, wie es funktioniert, fällt mein Gehirn wieder auf die optische Täuschung herein.

Echt verrückt!

Ob man das fotografieren kann?

11:12 Uhr

Aber nicht mit Simon darauf!

11:13 Uhr

Dieses Mal gehe ICH langsam durch den Raum und bleibe extra lange in den Ecken stehen. Damit Simon mich durch das Guckloch fotografieren kann.

11:15 Uhr

Wieder draußen.

»Hast du's?«

»Klar!«, sagt Simon. »Soll ich dir die Fotos schicken?«

Ich zögere. Soll ich ihm meine Handynummer geben? Andererseits: Ich will die Fotos echt gerne haben.

»Klar sollst du mir sie schicken«, sage ich. »Wozu hast du sie denn sonst gemacht? Meine Nummer …«

»Hab ich doch aus der Klassengruppe. Schon geschickt.«

Oh Mann, natürlich hat er die Nummer! Warum mache ich überhaupt so ein Theater deswegen? Es ist doch nur Simon …

11:18 Uhr

Ich scrolle durch die Fotos.

»Du hast ja sogar ein Video gemacht!«

»Ich dachte, da sieht man den Effekt besser«, sagt Simon.

Ich drücke auf Play. Ich als Riesin und ich als Zwerg. Echt verrückt!

»Super, danke!« Ich lächele ihn an.

»Gern geschehen.« Dieses Mal grinst Simon nicht, er lächelt sanft. Seine Augen sind grün, das ist mir vorher noch nie aufgefallen.

»Lena! Hier steckst du!«, ruft da eine Mädchenstimme aus dem Gang, und ich zucke zusammen.

11:19 Uhr

Vor dem Raum stehen Amira, Nadja und Fabienne. Wenn die mich hier mit Simon sehen, war die ganze Coolsein-Aktion umsonst!

»Kommst du, Lena?«, ruft Amira.

Automatisch trete ich einen Schritt von Simon weg. Sofort wird sein Lächeln wieder zum ironischen Grinsen. »Frauchen ruft, husch, husch!«

»Sehr witzig«, antworte ich mit meiner ätzendsten Stimme.

»Kommst du jetzt, oder was?« Amiras Stimme klingt ungeduldig.

»Ich komme ja schon!«, rufe ich ihr zu. Und genau das tue ich dann auch.

11:20 Uhr

Kaum bin ich im Flur, da fragt Fabienne ziemlich laut: »Was wolltest du denn mit dem?« Das e von »dem« zieht sie so lang, als wären es dreie und nicht bloß eins.

»Ach, nichts.«

»Das sah aber anders aus!«

Mist! Wie lange standen die schon hier? Jetzt bloß nichts Falsches sagen!

Ich zische: »Der Petersen hat mich doch in den Raum geschickt. Was kann ich dafür, dass Simon auch da war?« Lauter füge ich hinzu: »Aber der Raum ist echt cool! Das ist eine optische Täuschung, wo man mal ganz groß aussieht und mal ganz klein, weil nämlich …«

»Schnarch!«, ruft Fabienne. »Weckt mich, wenn sie fertig ist.«

Nadja und Amira kichern.

»Nee, wirklich, das ist echt verrückt …« Meine Stimme wird immer leiser, weil Amira mich so beschwörend ansieht.

»Also WIR gehen jetzt raus«, sagt sie. »Kommst du mit oder nicht?«

»Klar komme ich mit! Klar!« Was mache ich hier bloß? Bin ich total bescheuert, dass ich Fabienne und Nadja was über Experimente erzählen will? Ich kann froh sein, wenn sie mich jetzt nicht für total uncool halten!

Beim Losgehen werfe ich einen schnellen Blick zurück zu Simon. Er starrt konzentriert auf die Infotafel. Unmöglich zu sagen, ob er uns gehört hat. Irgendwie tut es mir ja leid, ihn einfach so stehen zu lassen. Ich meine, er war gerade die ganze Zeit wirklich nett zu mir.

Aber was soll ich machen? Ich will schließlich mit den coolen Leuten in der Sonne abhängen! Und da kann ich einen wie Simon nun echt nicht gebrauchen.

11:24 Uhr

Von wegen Sonne. Im Museumsvorraum warten schon Frau Klein und die Hälfte der Klasse auf uns.

Die Jungs sind leider noch nicht da.

Fabienne versucht, ganz lässig an den anderen vorbei nach draußen zu schlendern, aber Frau Klein pfeift sie sofort zurück.

11:25 Uhr

Kaum hat unsere Lehrerin sich wieder weggedreht, rollt Fabienne mit den Augen. Sie kann das echt gut! Ich muss mir voll auf die Lippe beißen, um nicht laut loszukichern.

11:26 Uhr

Amira versucht auch, die Augen zu rollen, aber bei ihr sieht es ziemlich merkwürdig aus. Nadja kann es so halbwegs. Vielleicht klappt es ja bei mir?

Nach oben gucken, nach links, nach unten, nach rechts und wieder nach oben, nach links, nach unten, nach rechts … und nach vorne zu den anderen.

Fabienne streckt ihren Daumen hoch. Yeah! Ich kann's!

Das mache ich gleich noch einmal …

Amira stößt mich heftig in die Seite. Was ist denn?

11:27 Uhr

Woah, Frau Klein guckt in meine Richtung!

Das war knapp!

11:28 Uhr

Die Klein sieht mich lange an und erst nach einer halben Ewigkeit wieder weg. Mein Herz klopft wie verrückt.

11:29 Uhr

Es klopft immer noch, aber nicht nur wegen Frau Klein. Sondern auch, weil ich hier zusammen mit Fabienne und Nadja stehe, den coolsten Mädels der Klasse! Und wegen Justin natürlich.

11:56 Uhr

Auf dem Rückweg von der S-Bahn-Station zur Jugendherberge sagt Fabienne zu den Jungs: »Amira und Lena kommen heute Abend übrigens auch, ist doch okay?«

Till strahlt Amira an. »Klar ist das okay!«

Lennard zuckt bloß mit den Schultern, und Justin sagt: »Cool!«

Er findet es cool, dass ich komme!!!

12:12 Uhr

Zum Mittagessen gibt es Spaghetti mit Tomatensoße. Lecker!

Nur ziemlich schwer, die zu essen. Ich rolle ganz vorsichtig Mini-Portiönchen auf meiner Gabel auf, Nadja auch. Fabienne und Amira haben ganz aufgegeben und schneiden die Dinger klein.

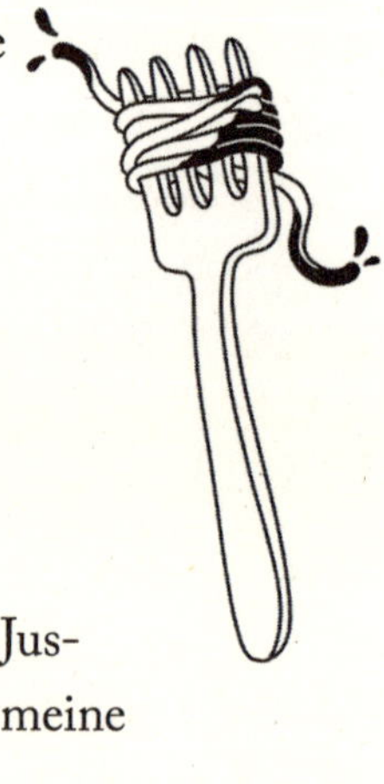

Ich konzentriere mich so sehr, dass ich Kopfschmerzen bekomme, und sehe kein einziges Mal zu den Jungs rüber. Bloß keine Essenskatastrophen mehr!

12:26 Uhr

Auf dem Weg aus dem Speisesaal geht plötzlich Justin neben mir. Vor Schreck stolpere ich fast über meine eigenen Füße.

»Halb drei auf der Wiese. Volleyball. Seid ihr dabei?«, fragt er und grinst mich an.

Er ist voll groß, wenn er so neben mir geht …

Nicht schon wieder stolpern, Lena!

»Klar sind wir dabei«, flötet eine Stimme von der anderen Seite. Fabienne. Sie schielt dabei zu Lennard nach hinten.

»Klar!«, sage ich, aber meine Stimme klingt überhaupt nicht wie eine Flöte. Oder höchstens wie eine rostige.

»Cool!« Damit biegen Justin und die anderen Jungs in den Gang zu ihrem Zimmer ab.

Ich gehe mit Justin Volleyball spielen! Jippie!

Ich liiiebe Volleyball!

Und ich liebe Justin!!!

12:28 Uhr

In unserem Zimmer sitzen Paula und Selina am Tisch vor dem Fenster. Als wir reinkommen, drehen sie sich zu uns um.

»Und, wie fandet ihr das Museum?«, fragt Paula.

Auch das noch! Ich wollte eigentlich nur ins Bett und in Ruhe von Justin träumen.

»Also ich fand die Experimente super«, sagt Selina.

Die beiden sehen mich erwartungsvoll an. Und gleichzeitig spüre ich, wie sich Amiras prüfender Blick von hinten in meine Schultern bohrt. Also zucke ich bloß mit den Schultern, werfe mich aufs Bett und angele nach meinem Handy.

Den Fehler von vorhin mache ich ganz bestimmt nicht noch mal!

12:30 Uhr

Ich stöpsele mir Musik in die Ohren und schließe die Augen. Vergiss Paula und Selina! Denk lieber an Justin …

14:20 Uhr

»Lena!« Etwas rüttelt mich am Arm. Beziehungsweise jemand.

Ich klappe die Augen auf. Ui, ist das hell!

14:21 Uhr

Die Sonne scheint direkt auf mein Gesicht. Von draußen hört man Vogelgezwitscher und lachende Stimmen.

»Kommst du?«, fragt Amira.

Mist, ich bin eingeschlafen! Gähnend schlage ich die Decke zurück und greife nach meinem Handy.

Zwanzig nach zwei? Das kann nicht sein! Wir wollen doch um halb drei mit den Jungs Volleyball spielen!

»Warum hast du mich denn nicht geweckt?« Ich schwinge die Beine aus dem Bett.

»Hab ich ja versucht«, sagt Amira. »Aber keine Chance. Du hast geschlafen wie ein Stein, ehrlich!«

Oh Mann! Wie soll ich mich nur so schnell fertig machen?

14:23 Uhr

Ich wanke zu dem kleinen Spiegel an der Wand. Darin hat sich ein verknautschtes Zottelmonster versteckt. Ich fasse mir in die Haare. Das Monster tut dasselbe.

Oh Mann, wie sehe ich denn aus?

Amiras perfekt geschminktes Gesicht schiebt sich neben meines. Sie ist wieder die Glamour Queen, und sie hat sogar ihr neues, tief ausgeschnittenes T-Shirt an! Ist das nicht ein bisschen too much für Volleyball?

»Das ist sauber, das hab ich gestern Abend im Waschbecken gewaschen«, sagt Amira. Dabei ist das gar nicht der Grund für meinen Blick.

Grunzend greife ich nach der Bürste und versuche, meine Zotteln ein wenig zu bändigen.

14:26 Uhr

»Ich geh schon mal vor, okay?« Amira steht schon in der Tür.

»Nein, warte, ich komme mit!«

Ich ziehe ein sauberes T-Shirt über, spritze mir kaltes Wasser ins Gesicht, um die Schläfrigkeit zu vertreiben, und schmiere ein bisschen Labello auf die Lippen.

»Okay, wir können!«

Amira verzieht das Gesicht.

»Was?«, frage ich und drehe mich zurück zum Spiegel. »Hab ich irgendwas im Gesicht?« O Gott, vielleicht einen Popel oder so?!

»Nein«, sagt Amira. »Das ist es ja gerade.« Sie wirft einen Seitenblick auf mein T-Shirt. Und auf mein Gesicht.

»Hä? Meinst du, weil ich nicht geschminkt bin, oder was?«

»Blitzmerkerin!«

»Aber … wir spielen doch nur Volleyball mit den Jungs.«

»Eben! Mit den Jungs! Du willst doch, dass Justin sich in dich verliebt, oder nicht?« Sie wackelt mit dem Mascarafläschchen.

Zögernd greife ich zu und beginne, die Wimpern über meinem rechten Auge zu tuschen, während Amira neben mir unruhig mit dem Fuß auf den Boden tippt.

14:32 Uhr

»Kommst du jetzt endlich?«, fragt sie, kaum dass die Wimpern über dem zweiten Auge getuscht sind. Dabei hat sie doch auf der Schminkerei bestanden!

Ich finde ja eigentlich nicht, dass man für Volleyball perfekt gestylt sein muss. Da schwitzt man doch sowieso gleich wieder.

14:34 Uhr

Wir gehen aus dem Hintereingang der Jugendherberge und stehen auf einer großen Wiese mit Feuerstelle und Holzbänken. Ein Weg führt vom Haus weg.

»Weißt du, wo das Volleyballfeld ist?«, frage ich Amira.

Gleich sehe ich Justin wieder!

»Nee, keine Ahnung. Aber so viele Möglichkeiten gibt es ja nicht, oder?«

14:35 Uhr

Wir sind erst ein kleines Stück gegangen, da hört man auf einmal ein komisches Geräusch … Ist das ein Meckern?

14:36 Uhr

Hinter der nächsten Kurve, da, wo die Bäume aufhören, ist auf der einen Seite der Ententeich und auf der anderen streckt sich uns ein Ziegenkopf entgegen.

Das muss der Streichelzoo sein!

Das heißt, irgendwo hier sind auch …

14:37 Uhr

Da! Schräg hinter dem Ziegengehege ist ein kleines abgezäuntes Stück Wiese mit einem Holzstall in der Mitte. Und vor dem Stall sitzt ein braun-weißes Kaninchen und knabbert an einer Möhre. Es hat zwar Stehohren und keine Schlappohren wie mein Mümmelchen, aber trotzdem …

Sooo süß!!!

Automatisch biege ich ab. Nur mal kurz Hallo sagen.

»Na, du Süßer? Wie heißt du denn?«

Das Kaninchen mümmelt mich an.

Ob es auch Mümmelchen heißt?

Nee, Quatsch.

14:38 Uhr

»Lena! Wo bleibst du denn?«

»Guck mal, Amira! Ist das nicht süß?«

Selbst auf die Entfernung kann ich sehen, wie sie die Augen verdreht.

»Mann, Lena! Wir wollen doch zum Volleyball!«

Sie zeigt nach vorne, wo ein Stück weiter ein Netz über eine Wiese gespannt ist.

Volleyball, ja, ja! Sie will zu Till, völlig klar! Und ich will ja auch zu Justin …

Oh, da ist noch ein zweites Kaninchen, ein schwarzes!

Amira geht schon weiter.

»Ich besuche euch später noch mal«, flüstere ich den Kaninchen zu.

Dann mache ich, dass ich hinter Amira herkomme.

14:40 Uhr

Fabienne und Nadja liegen hingegossen auf einer Picknickdecke auf der Wiese. Bildunterschrift: Perfekt gestylt in fröhlichen Sommerfarben. Und sie strahlen UNS entgegen!

»Hi, ihr Süßen«, sagt Fabienne, als wir bei der Decke ankommen. Zu Amira und mir!

»Hi!«, sagt auch Nadja.

»Hi!«, antworten Amira und ich.

Dann setzen wir uns auf die zwei Deckenzipfel, die noch frei sind.

14:43 Uhr

Fabienne wischt auf ihrem Handy herum. Ihre Beine sind unendlich lang. Der Wahnsinn!

Meine hingegen sehen im Schneidersitz total fett aus.

Ich lehne mich nach hinten und strecke die Beine über das Gras aus. Besser!

Vor allem, wenn ich noch ein bisschen den Bauch einziehe …

14:45 Uhr

Lange halte ich das nicht aus! Entweder Bauch einziehen oder atmen. Wo stecken überhaupt die Jungs?

14:48 Uhr

Da kommen sie endlich! Justin geht ganz vorne. Braune Haare, die ihm in die Augen fallen, breiter Oberkörper … Hach! Er sieht einfach so was von gut aus!

Aber er könnte echt mal ein bisschen schneller gehen. Mir ist schon ziemlich schwummerig vom ständigen Baucheinziehen und Luftanhalten.

14:49 Uhr

Luft! Luuuuft! Ich ersticke!!!

14:50 Uhr

Plopp. Der Bauch ist wieder draußen. Atmen ist echt was Tolles!

Dicker Bauch hin oder her … Man muss es ja auch mal so sehen: Wenn ich als Leiche hier vor Justin liege, bin ich auch nicht gerade schön.

14:51 Uhr

Till und Lennard gehen direkt zum Volleyballfeld weiter, aber Justin bleibt vor unserer Decke stehen.

»Hi, Mädels!«

»Hi«, sagen wir alle gleichzeitig.

Auf dem Volleyballfeld pritschen Lennard und Till den Ball über das Netz. Fabienne tut so, als würde sie wieder auf ihr Handy gucken, aber in Wirklichkeit schielt sie heimlich zu Lennard rüber. Wenn man es weiß, ist es echt total auffällig.

Aber anstatt Fabienne zu beobachten, sollte ich mal lieber was zu Justin sagen!

»Spielt ihr mit Volleyball?«, fragt Justin in dem Moment.

»Klar!«, rufe ich.

»Okay«, sagt Justin. »Und ihr?«

Er sieht Fabienne an, aber die glotzt weiter ins Handy, und sein Blick bleibt in ihrem Ausschnitt hängen.

Hallo? Glaubt er etwa, ich merke das nicht?

»Wer spielt denn jetzt mit Volleyball?«, frage ich extra laut.

Justin reißt sich von Fabiennes Anblick los.

»Klärt das mal unter euch, Mädels«, sagt er und trabt zu den anderen Jungs aufs Spielfeld.

Na super!

Warum wartet er denn nicht auf mich?

14:53 Uhr

Und warum sagen die anderen immer noch nichts?

»Amira! Spielst du nicht mit?«, frage ich sie.

Amira schüttelt den Kopf.

»Warum denn nicht?«

Amira zuckt mit den Schultern und zeigt auf ihr Gesicht. Hä?

»Na ja, Make-up. Das verläuft doch dann.«

»Nicht dein Ernst!« Erst brezelt sie sich auf ohne Ende, und dann spielt sie deswegen nicht mit? Das ist doch total bescheuert!

»Außerdem bin ich voll schlecht im Volleyball. Aber geh du nur spielen.«

»Aber du, Fabienne! Du bist doch gut im Volleyball!«

»Sorry. Ich bin gerade …« Sie zeigt auf ihr Handy.

»Nadja?«

»Nee. Ich bin auch voll schlecht.«

Na super. Soll ich etwa alleine mit den Jungs spielen, oder was?

14:54 Uhr

»Kommt ihr jetzt endlich?«, brüllt Lennard vom Spielfeld zu uns rüber.

»Wir feuern euch lieber an!«, ruft Fabienne zurück.

Soll ich überhaupt hingehen? So als einziges Mädchen …

14:55 Uhr

Ach, was soll's! Ich liebe Volleyball, und ich habe echt keine Lust, hier auf der Decke zu hocken und die Jungs bloß anzufeuern.

Ist doch egal, wenn ich das einzige Mädchen bin!

Außerdem spiele ich dann mit Justin … Mit Justin!

14:56 Uhr

Kaum bin ich auf dem Spielfeld angekommen, da tritt Till den Rückzug an.

»Hey, Mann, das kannst du nicht machen«, sagt Justin, der mit Lennard auf der anderen Seite des Netzes steht. »Kurze Pause. Ihr habt doch jetzt Lena.« Till geht über den Rasen in Richtung Picknickdecke.

»Ja, ihr habt jetzt mich!«, sage ich betont fröhlich, aber Justin sieht mich nicht mal an.

»Drei ist echt `ne blöde Zahl für Volleyball«, brummelt er.

Okay, da hat er recht. Aber das ist doch nicht meine Schuld!

»Till ist echt ein Idiot«, sagt Justin zu Lennard.

»Hallo? Ich bin auch noch da!«, rufe ich, aber Justin reagiert überhaupt nicht.

Warum ist er nur auf einmal so arschig zu mir?

Und übrigens finde ich nicht, dass Till ein Idiot ist! Wetten, er will zu Amira?

14:57 Uhr

Till bleibt neben der Picknickdecke stehen und spricht Amira an. Yes! Seine Wangen leuchten ziemlich rot, dabei hat er noch gar nicht viel Volleyball gespielt … Echt niedlich!

Ich freue mich so für Ami…

Wusch! Etwas fliegt dicht neben meinem linken Ohr vorbei und landet auf dem Rasen.

»Eins zu null«, brüllt Lennard auf der anderen Seite des Netzes.

Der hat sie ja wohl nicht mehr alle!

14:58 Uhr

»Das Spiel hat doch noch gar nicht angefangen!«, brülle ich zurück.

»Hat es doch!«, ruft Justin. »Selbst schuld, wenn du nicht aufpasst!«

WIE BITTE?

»Soll ich jetzt etwa alleine gegen euch spielen, oder was?«

»Nee, du hast recht. Geh mal lieber wieder zu den anderen Mädchen. Du kannst uns ja anfeuern, wenn du willst.«

WAAAAS??? »Von wegen! Ich spiele mit!«, rufe ich.

»Du hast doch keine Chance gegen uns!«, behauptet Justin und grinst mich an. Aber plötzlich finde ich sein Grinsen kein bisschen mehr süß, sondern nur noch arrogant.

»Das werden wir ja sehen!«, rufe ich.

Den mache ich fertig!!

15:05 Uhr

Justin fertigzumachen ist ein bisschen schwierig.

Denn erstens spiele ich alleine gegen zwei und zweitens sind die Jungs deutlich größer als ich.

15:08 Uhr

Die sechste Angabe hintereinander für die Jungs. Dieses Mal kriege ich den Ball aber!

15:09 Uhr

Ja! Ich hab ihn gekriegt! Der Ball fliegt über das Netz, haarscharf an Justins Ohr vorbei und landet auf dem Boden.

Punkt für mich!

Jippie!!!

15:10 Uhr

Leider kriegt Lennard meine nächste Angabe. Punkt für die Jungs.

15:12 Uhr

Noch einer für die Jungs. Das ist soooo ätzend!

Vor allem, weil sie jedes Mal abklatschen und den Punktestand durch die Gegend brüllen.

15:13 Uhr

Schon wieder nicht gekriegt!

»Hüpf, Lena! Du musst hüpfen!«, ruft Justin, und Lennard schmeißt sich weg vor Lachen.

In mir brodelt es. Wie konnte ich Justin nur jemals süß finden? Der Typ ist doch ein Arsch! Ich will gerade rufen, dass mir das alles zu blöd ist, da fragt eine Stimme neben mir: »Können wir mitspielen?«

Ich klappe den Mund wieder zu, denn es ist die Stimme von Paula, und Paula ist gut im Volleyball. Und Selina, die neben ihr steht, auch. Die spielt sogar im Verein!

Scheißegal, ob die beiden uncool sind, das ist meine Chance, die Jungs zu besiegen! »Klar könnt ihr mitspielen!«

15:18 Uhr

Paula, Selina und ich sind echt super zusammen.

Ab und zu machen die Jungs zwar auch einen Punkt, aber wir holen immer weiter auf.

15:26 Uhr

Gleichstand!

15:33 Uhr

Wir führen! Mit drei Punkten! Und wir brauchen nur noch einen Punkt, dann haben wir gewonnen!!!

15:34 Uhr

Konzentration jetzt. Wir haben Angabe. Selina holt aus …

»Können wir auch mitspielen?« Am Spielfeldrand stehen Simon, sein Kumpel Kai und ein paar andere aus unserer Klasse.

Schlechtes Timing, Leute, verdammt schlechtes Timing!

»Nur noch eine Angabe«, antwortet Selina, aber das hört keiner, weil Justin gleichzeitig »Aber klar doch!« brüllt, und zwar mindestens drei Stufen lauter. »Wir machen Jungs gegen Mädchen!«

Er dreht sich zu uns um und grinst. Weil da am Spielfeld nämlich ganz genau fünf Jungs stehen und nur zwei Mädchen.

»Jungs gegen Mädchen ist doch blöde«, sagt Simon und trabt mit Kai im Schlepptau auf unsere Seite.

So schön, Justins blödes Gesicht zu sehen!

15:35 Uhr

Justin macht jetzt ein noch blöderes Gesicht, weil Murat, Noah und Jonathan auch nicht in sein Team stürmen, sondern erst mal Emma und Marie den Vortritt lassen. Murat kommt dann noch zu uns, und Jonathan und Noah gehen zu Justin und Lennard. Von wegen Jungs gegen Mädchen! Wenn es nicht so kindisch wäre, würde ich laut »Ätschibätsch!« rufen und Justin die Zunge rausstrecken.

15:37 Uhr

»Aber erst spielen wir noch um den letzten Punkt!«, ruft Paula.

»Neues Spiel!«, ruft Justin zurück und macht einfach eine Angabe.

Nicht schon wieder! Ich bin noch gar nicht richtig ... Simon hat ihn! Er pritscht zu Selina, und die donnert den Ball über das Netz.

Punkt für uns!!!

15:39 Uhr

EIGENTLICH hätten wir ja noch um den letzten Punkt spielen müssen, aber Lennard macht sofort die nächste Angabe. Er und

Justin sind echte Feiglinge! Aber das Spiel stoppen will ich jetzt auch nicht mehr, wir führen nämlich. Und wie wir führen!

Außerdem macht das Volleyballspielen mit den anderen total viel Spaß. Wir sechs sind ein super Team! Besonders Simon und ich. Ich habe fast das Gefühl, er spielt extra oft zu mir.

15:47 Uhr

Der Ball landet genau zwischen Simon und mir, und wir bücken uns gleichzeitig, um ihn aufzuheben. Plötzlich ist sein Gesicht ganz dicht vor meinem, er lächelt mich an, seine grünen Augen sehen direkt in meine … Und mir wird ein kleines bisschen schwindelig.

Wahrscheinlich hab ich mich zu schnell gebückt oder so was.

15:58 Uhr

Paula macht den letzten Punkt. Gewonnen! Wir haben gewonnen!!!

Das ist sooo geil!

Paula fällt erst Selina um den Hals und dann mir, dann falle ich Selina in die Arme, und dann stehe ich plötzlich vor Simon …

Was mache ich denn jetzt? Ich kann den doch nicht umarmen!

»Gut gemacht«, sagt Simon und strahlt mich an.

»Ja, du auch«, antworte ich mit glühenden Wangen.

Warum ist mir auf einmal so heiß?

Kommt das wirklich nur vom Volleyballspielen?

»Ihr habt gewonnen!«, sagt da auf einmal Amira neben mir. »Herzlichen Glückwunsch, Lena!«

»Hi, Amira!«, quietsche ich. Hoffentlich sieht sie mich nicht so genau an! Weil mein Kopf nämlich garantiert so leuchtet wie das oberste Licht einer Ampel.

Amira zieht mich am Arm. »Kommst du?«

»Ja … Ja, klar!«

»Tschüss, Lena«, sagt Simon.

»Tschüss«, murmele ich, ohne ihn anzusehen, und lasse mich von Amira wegziehen.

16:01 Uhr

Wir sind gerade mal drei Schritte gegangen, da zischt Amira mir zu: »Was willst du immer mit Simon? Wir wollen doch cool werden!«

»Gar nichts will ich mit dem«, raune ich zurück.

»Dann ist ja gut! Denk an die Liste! Und an unseren Plan!« Sie lächelt hinüber auf die andere Seite des Volleyballfeldes, wo Till inzwischen mit Justin und Lennard quatscht.

Oh nein, der Plan! Bei dem wir heute Abend ins Jungszimmer gehen und Till und Justin küssen … Ich kann Justin doch jetzt nicht mehr küssen! So fies, wie der zu mir war!

Und ins Jungszimmer will ich auch nicht mehr.

Nur … wie soll ich das Amira erklären? Die hat doch vorhin mit Till geredet und garantiert gar nicht mitgekriegt, wie Justin mich verarscht hat.

»Äh …«, stammele ich.

»Till ist so süß!«, schwärmt Amira. »Wir haben uns voll lange unterhalten! Das heißt doch, er mag mich, oder? Sonst würde er doch nicht so lange mit mir reden! Oder?«

»Klar«, sage ich. »Klar! Übrigens, wegen Justin …«

»Ja, der ist auch voll süß! Ich weiß!«

»Nein, ich meinte …«

»Psst!«, macht Amira und zeigt nach vorne, zur Picknickdecke mit Fabienne und Nadja, die uns schon entgegensehen.

»Aber ich muss dringend mit dir reden!«

»Später«, sagt sie, und dann sind wir auch schon bei der Picknickdecke angekommen.

Nadja strahlt mich an. »Toll gespielt, Lena! Super, dass ihr die Jungs geschlagen habt!«

Im selben Moment sagt eine Jungsstimme hinter mir: »Aber nur ganz knapp!«

»Lennard! Justin! Till! Hi!«, flötet Fabienne.

Auch das noch!

16:03 Uhr

Warum muss Justin sich ausgerechnet neben mich stellen?

»Hi, Lena!« Er grinst mich an.

»Hi«, brummele ich zurück.

Fabienne strahlt Lennard an. »Ihr Jungs habt echt super gespielt! Du machst sooo coole Angaben!«

»Vor allem die eine am Anfang«, sagt Justin. »Die war echt genial!«

»Meinst du die, als das Spiel noch gar nicht angefangen hatte?«, frage ich ironisch.

»Klar hatte das schon angefangen«, behauptet Lennard.

»Hatte es nicht!«

»Alles klar, Lena?«, fragt Amira.

»Nein! Die Jungs haben einfach angefangen zu spielen, obwohl ich noch nicht so weit war!« Meine Stimme klingt viel zu schrill, das merke ich selbst.

»Das war doch nur Spaß«, sagt Justin. »Jetzt bleibt mal locker.«

»Ich bin locker!«

»Ähm … Lena … Aber ihr habt doch gewonnen?«, fragt Nadja. »Oder nicht?«

»Allerdings!«

Amira wirft mir einen beschwörenden Blick zu. »Na also! Dann ist die erste Angabe doch ein bisschen egal.«

»Ich meinte eh die danach«, sagt Justin. »Die zweite, die war echt cool! Die, wo … Ach, ich zeig's euch einfach!«

Und dann spielen Lennard und Justin all ihre ach so genialen Moves noch einmal nach. Man könnte fast meinen, SIE hätten das Spiel gewonnen!

Und Till rückt immer näher an Amira ran.

Mich braucht hier anscheinend keiner mehr.

»Ich geh dann mal«, murmele ich und zeige in Richtung Haus.

»Gute Idee«, flüstert Amira mir zu, und in mir wird auf einen Schlag alles kalt.

Will sie mich etwa loswerden? Meine beste Freundin?

16:07 Uhr

Ich sitze im Kaninchengehege, hinter dem Stall, wo man mich vom Weg aus nicht sieht. Ich bin einfach über den Zaun gestiegen, habe das falsche Mümmelchen eingefangen (gar nicht so leicht, weil es immer weggehoppelt ist) und mich mit ihm hierhin verkrochen.

Warum hat Amira mich bloß weggeschickt? Nur weil ich was gegen Justin gesagt habe? Weil sie in Till verliebt ist und ihr die Jungs jetzt wichtiger sind als ich?

Tränen steigen in mir auf. Dann habe ich gar keine Freundin mehr! Dann bin ich ganz alleine …

16:09 Uhr

Mümmelchen windet sich aus meinem Griff und hoppelt um den Stall herum nach vorne. Wahrscheinlich findet er es nicht so toll, dass sein Fell jetzt ganz nass ist.

Nass und salzig.

16:11 Uhr

Die Luft ist rein. Schniefend husche ich um den Stall herum und weiter in Richtung Jugendherberge. Hoffentlich kommt mir jetzt niemand entgegen!

Ich will nur noch zurück ins Zimmer und mich unter der Bettdecke verkriechen.

16:15 Uhr

Auf dem Weg zum Bett sehe ich in den Spiegel. Böser Fehler! Unter meinen Augen sind schwarze Flecken vom verschmierten Mascara, meine Haare sehen aus, als hätte ich sie seit drei Jahren nicht mehr gewaschen, und unter meinen Achseln sieht man fette Schweißflecken. Ich sag's mal so: Für Halloween wär's perfekt.

Und so haben mich alle gesehen! Oh Mann …

16:16 Uhr

Moment mal! Das verschmierte Mascara kommt vielleicht vom Heulen, aber die Schweißflecken und der Rest waren doch garantiert auch vorher schon so, nach dem Volleyballspielen.

Deshalb meinte Amira also, es wäre eine gute Idee, wenn ich ins Zimmer gehe!

Nicht weil ich was gegen Justin gesagt habe, sondern weil ich aussehe wie Graf Dracula!

Jippie!!!

16:17 Uhr

Also natürlich nicht: Jippie, ich sehe aus wie Graf Dracula!

Sondern: Jippie, ich bin ihr nicht peinlich!

16:21 Uhr

Unter der Dusche.

Stichwort: Rückverwandlung von Graf Dracula in einen Menschen.

16:35 Uhr

Ich liege frisch geduscht und abgeschminkt auf dem Bett. Aber ich fühle mich trotzdem kein Stück besser als vorher.

Warum war Justin nur so gemein zu mir? Er hat doch gestern Abend auf der Party total mit mir geflirtet! Und jetzt auf einmal …

16:36 Uhr

Und warum heule ich jetzt schon wieder? Ich bin doch wütend auf den, nicht traurig! Das sind Wuttränen, dass das mal klar ist!

16:37 Uhr

Okay, vielleicht bin ich doch ein kleines bisschen traurig …

16:38 Uhr

Warum hat er mir das angetan?

WARUM???

16:39 Uhr

SCHNIEEEEEEFFF!!!

16:41 Uhr

Meine Nase ist total verstopft vom Heulen. Taschentuch! Ich brauche dringend ein Taschentuch!

16:43 Uhr

Ich sollte mir jetzt echt nicht auch noch die Fotos auf Justins Profil ansehen.

16:47 Uhr

Er sieht so gut aus … Schnief!

16:53 Uhr

Ich kapier einfach nicht, warum er so blöd zu mir war! Ich hab doch heute überhaupt nichts anders gemacht als gestern!

16:54 Uhr

Oder … Oh nein!!! Eine Sache war heute doch anders: Ich hab mich nicht sexy gestylt! Und am Ende sah ich sogar aus wie Graf Dracula.

Heißt das etwa, er ist nur nett zu mir, solange ich toll gestylt bin, oder was?

16:55 Uhr

Moment mal, das kann nicht sein! Auf der Herfahrt im Bus hat er mich doch auch schon angelächelt. Und da war ich noch nicht perfekt gestylt!

16:56 Uhr

Aber das war ja nur einmal kurz. Richtig mit mir geflirtet hat er erst nach der Schminkaktion bei dm.

16:57 Uhr

Ich fasse es nicht! Er interessiert sich nur für mein Äußeres!

16:58 Uhr

Eins steht fest: Auf gar keinen Fall gehe ich heute Abend mit ins Jungszimmer!

Das muss ich bloß noch irgendwie Amira beibringen …

16:59 Uhr

Aber jetzt muss ich erst mal die Justin-Fotos wegklicken.

Also gleich. Nur ein einziges noch …

17:35 Uhr

»Hallo, Lena!« Paula und Selina kommen ins Zimmer.

Habe ich mir gerade echt eine ganze Stunde lang Justin-Fotos angeguckt?

Ich pfeffere mein Handy in die Ecke des Bettes. Schluss damit!

Paula bleibt vor meinem Bett stehen. »Geht's dir gut?«

»Ja! Klar!« Schnell drehe ich das Gesicht in die andere Richtung. Sieht man etwa immer noch, dass ich geheult habe? Ich kann doch nicht total verheult zum Abendessen gehen!

Was mach ich nur, was mach ich nur?

»Ich würde das kühlen«, sagt Selina.

»Was?«, frage ich, ohne sie anzusehen.

»Kühlen. Die Augen. Mit nassem Klopapier oder so.«

»Danke«, murmele ich und husche aus dem Zimmer.

17:49 Uhr

Es funktioniert! Zehn Minuten kühlen, und die Augen sind nur noch halb so geschwollen.

Woher Selina das wohl weiß? Ob sie auch schon mal Liebeskummer hatte?

Ach Quatsch, die kleine, stille Selina hatte doch bestimmt noch nie einen Freund. Und Paula garantiert auch nicht.

Aber heulen tut man ja nicht nur bei Liebeskummer.

17:53 Uhr

Ich bin gerade wieder zurück im Zimmer, da kommt Amira rein.

»Hi, Lena! Kommst du mit zum Abendessen?«

»Ähm … Ich wollte eigentlich mit dir reden …«

»Ja, klar, nach dem Essen! Komm schnell, dann kriegen wir vielleicht noch einen Platz bei den Jungs.«

Die Jungs! Alles, nur das nicht!

17:59 Uhr

Im Speisesaal ist schon ziemlich viel los, als wir reinkommen, aber die Jungs sind zum Glück noch nicht da.

»Guck mal, da drüben ist noch was frei!« Ich schiebe Amira schnell zu einem echt kleinen Tisch mit genau vier Plätzen. Jetzt brauche ich nur noch …

18:02 Uhr

Da kommen Fabienne und Nadja! Ich winke wie bescheuert, und sie steuern unseren Tisch an. Der damit voll besetzt ist.
Ha! Jetzt muss Justin sich woanders hinsetzen!

18:10 Uhr

Beim Essen (Pizza! Lecker!) schaut Amira immer wieder zu Till rüber und er zu ihr. Fabienne schielt in Richtung Lennard, und ich gucke überallhin, bloß nicht zu Justin. Es gibt schließlich noch genug andere Tische hier im Speisesaal!

Da vorne zum Beispiel schießen gerade Jonathan, Murat und Noah die Maiskörner von der vegetarischen Pizza zum Nachbartisch, wo Emma und Marie sitzen. Zwei Tische weiter sitzen die Lehrer, schaufeln Essen in sich hinein und merken nichts. Und am Nerdtisch erzählt Paula gerade Simon und den anderen Nerds irgendeine Story.

Plötzlich dreht Simon den Kopf in meine Richtung und lächelt mich an. Oh nein, hoffentlich denkt er jetzt nicht, ich beobachte ihn! Und warum fangen meine Wangen eigentlich schon wieder an zu glühen?

Ich lächele megakurz zurück (es ist eher ein Lippenzucken als ein Lächeln) und gucke dann schnell wieder weg.

18:17 Uhr

Die Mädels an meinem Tisch überlegen lautstark, was sie heute Abend anziehen, wie sie sich schminken und was sie mit ihren Haaren anstellen wollen. Fabienne hat viel zu viele Tops mitgenommen und kann sich nicht entscheiden, welches sie tragen soll. Amira sagt, dass sie dringend noch mehr Frisurenvideos gucken muss. Und Nadja weiß schon, was sie anziehen will, und beschreibt jedes Detail ganz genau.

Niemandem fällt auf, dass ich zu dem Thema überhaupt nichts sage.

18:34 Uhr

Nach dem Essen gehen wir Mädels zusammen in Richtung Zimmer.

»Bis nachher!« Damit biegen Fabienne und Nadja in ihren Flur ab.

»Bis nachher!«, ruft Amira ihnen hinterher.

Ich murmele irgendwas Unverständliches. Über »nachher« muss ich echt dringend mit Amira reden!

18:36 Uhr

In unserem Zimmer verzieht sich Amira sofort mit ihrem Handy ins Bett. Ich wette, sie sieht sich Stylingvideos wegen heute Abend an.

Eigentlich könnte ich sie ja einfach fragen, das wäre eine gute Einleitung für das Gespräch. Aber ehrlich gesagt hab ich auch ein bisschen Schiss davor …

Also angele ich stattdessen mein Buch aus dem Rucksack und kuschele mich in meine Decke. Bis wir zu den Jungs müssen, ist schließlich noch jede Menge Zeit.

19:45 Uhr

»Kommst du, Lena?«, fragt Amira.

Ich sehe von meinem Buch auf. »Wohin soll ich kommen?«

Es ist doch noch viel zu früh, um zu den Jungs rüberzugehen.

»Wir sind zum Stylen bei Fabienne und Nadja verabredet, hast du das nicht mitgekriegt? Oder willst du heute Abend etwa so gehen?« Sie zeigt auf mein ungeschminktes Gesicht.

Seufzend lege ich das Buch beiseite. Jetzt kann ich es nicht mehr länger aufschieben.

»Ähm, Amira … ganz ehrlich … Eigentlich will ich gar nicht zu den Jungs.«

»Was? Wieso das denn nicht?«

»Na ja … wegen vorhin. Da war Justin total fies zu mir.«

Sie zieht die Augenbrauen hoch. »Nur weil er zu früh angefangen hat zu spielen, oder was?«

»Quatsch, nicht nur deswegen! Er hat mich total verarscht! Du hast ja nicht gehört, was er alles zu mir gesagt hat.«

»Was denn?«

»Alles Mögliche!« Warum fällt mir jetzt kein einziges Beispiel ein?

Amira lässt sich neben mir auf das Bett plumpsen. »Bist du sicher? Vielleicht hat er es ja nicht so gemeint.«

»Klar bin ich sicher! Oder glaubst du mir etwa nicht?«

»Doch! Es ist nur …« Amira seufzt. »Es ist so wichtig für mich, dass ich heute Abend da hingehe! Das ist meine große Chance bei Till!«

»Du kannst doch trotzdem hingehen«, sage ich, obwohl sich mein Herz dabei zusammenkrampft. »Mit Fabienne und Nadja.«

»Aber wir wollten das zusammen machen! Du bist schließlich meine beste Freundin, nicht die!«

Es tut so gut, das zu hören!

»Außerdem hast du versprochen, dass du mir hilfst!«

Sind das etwa Tränen, die ihre Augen so feucht machen?

»Amira …«, stammele ich.

»Bitte, Lena, komm mit! Du musst ja nicht lange bleiben. Und du kannst Justin auch die ganze Zeit ignorieren, wenn du willst!«

Oh Mann, wie sie mich ansieht. Und wenn ich doch kurz mitgehe?

Aber Justin ignorieren, das klappt niemals! Es sei denn …

19:48 Uhr

»Okay, ich komme mit«, sage ich.

»Danke, Lena! Das ist so toll!« Amira umarmt mich und springt dann auf. »Wir-gehen-zu-den-Ju-ungs! Wir-gehen-zu-den-Ju-ungs!«

»Aber unter einer Bedingung«, sage ich, und sie bricht ihr Freudentänzchen mitten in der Drehung ab.

»Und die wäre?«

»Kein Styling, kein Make-up! Also für mich.«

»Kein Make-up?«, fragt Amira. »Nicht mal Pickel abdecken?«

»Ähm … Doch, das schon.« Mit leuchtend roten Pickeln durch die Gegend zu latschen, das muss ja nicht sein. »Aber sonst nichts.«
»Wimperntusche?«

Ich schüttele den Kopf.

»Und warum nicht? Hast du Angst, Justin wird willenlos, wenn du dir die Wimpern tuschst?« Sie kichert.

»Nein, natürlich nicht! Aber er interessiert sich nur für mich, wenn ich perfekt gestylt bin. Und darauf habe ich echt keine Lust.«

»Ähm … Aber deswegen hast du dich doch aufgebrezelt! Damit du ihm auffällst«, sagt Amira. »Oder?«

»Ja … schon …«

»Und wenn du ihm dann auffällst, ist es auch wieder falsch?«

»Quatsch! Aber er interessiert sich nur für mein Äußeres. Wie es in mir aussieht, ist ihm scheißegal!«

»Und woher soll er wissen, wie es in dir aussieht?«, fragt sie.

»Was?«

»Na, hast du dich schon mal ernsthaft mit ihm unterhalten?«

»Klar«, behaupte ich.

»Alleine? Zu zweit?«

»Klar!«

Amira zieht die Augenbrauen hoch.

»Okay, vielleicht nicht ganz alleine. Aber ich kenne ihn doch aus der Schule«, sage ich matt.

»Er dich doch auch! Außerdem: Was hat er denn für Hobbys?«

»Volleyball! Und … ähm … Fußball?« Alle Jungs interessieren sich doch für Fußball, oder?

»Du hast keine Ahnung«, stellt Amira grinsend fest. »Und das heißt, du hast dich auch nur in sein Äußeres verliebt!«

»Er steht garantiert auf Fußball«, sage ich trotzig.

Warum fühle ich mich plötzlich so, als hätte ich was falsch gemacht?

19:51 Uhr

Kann das sein? Habe ich mich wirklich nur in Justins gutes Aussehen verliebt? Aber ich hatte doch definitiv ein Kribbeln im Bauch! Immer, wenn er mich angesehen hat!

Und ich habe jeden Abend von seinen grünen Augen geträumt …

19:52 Uhr

Von seinen blauen Augen! Von seinen blauen Augen natürlich!!!

19:53 Uhr

»Ist doch auch egal!«, rufe ich. »Vorhin war er jedenfalls voll scheiße zu mir.«

»Ach, Lena … Vielleicht hat Justin nur Angst, seine Gefühle zu zeigen?«

»Und deshalb verarscht er mich, oder was? Was soll das denn bringen?«

»Na ja, manche Jungs ärgern Mädchen extra, wenn sie in sie verliebt sind.«

»Das ist doch völlig bescheuert!«

Amira zuckt mit den Schultern. »Jungs eben.«

»Aber Till ist doch nicht so, oder?«

»Nein, Till nicht …« Plötzlich sieht Amira nicht mehr mich an, sondern einen Punkt irgendwo ganz weit weg.

»Hallo? Erde an Amira? Jemand zu Hause?« Anscheinend nicht. Oh Mann, Amira hat es echt dermaßen erwischt! Total süß!

»Hallo! Erde an Amira!« Ich winke mit der Hand vor ihrem Gesicht herum.

Sie schiebt meine Hand beiseite und räuspert sich. »Also kommst du jetzt mit zu Fabienne und Nadja zum Schminken oder nicht?«

»Nein«, sage ich und angele wieder nach meinem Buch. »Wenn ich mich nicht aufstyle, ist das doch der perfekte Test! Wenn Justin wirklich in mich verliebt ist, mag er mich auch so.«

(Von wegen! Er wird mich nicht beachten! Aber dann sehen wenigstens alle, was für ein Idiot er ist. Das ist doch mal ein guter Plan!)

19:55 Uhr

Die Tür ist hinter Amira zugefallen, und ich spiele das Gespräch von eben noch einmal in meinem Kopf ab.

WARUM habe ich noch mal gedacht, dass es ein guter Plan ist, sich von Justin verarschen zu lassen? Das ist doch total bescheuert!

19:57 Uhr

Am liebsten würde ich einfach im Bett bleiben. Das Problem ist nur: Ich habe Amira versprochen, dass ich mitgehe.

Wenn ich jetzt kneife, ist sie total enttäuscht. Das kann ich ihr einfach nicht antun.

19:58 Uhr

Wä-hä! Ich will nicht!

20:00 Uhr

Ich schlage mein Buch auf. Abtauchen in eine andere Welt, das ist genau das, was ich jetzt brauche!

21:45 Uhr

»Lena! Hier bist du! Warum warst du denn gar nicht beim Spieleabend?«

Ich lasse das Buch sinken. Vor mir stehen Paula und Selina.

»Was?«

»Heute war doch Spieleabend mit der Klasse«, sagt Selina. »Alle waren da, es war total witzig!«

»Wer, alle?«

»Na, alle eben! Wir beide, Emma, Marie, Jonathan, Noah, Murat, Kai, Simon …«

Oh Mann, wieso wusste ich denn nichts vom Spieleabend?

»Und wann hat der Petersen das gesagt?«, frage ich. »Oder war das die Klein?«

»Beim Abendessen«, antwortet Selina. »Hast du das nicht mitgekriegt?«

Ich schüttele den Kopf.

»Es haben echt alle mitgemacht. Also außer dir.«

»Amira aber nicht, oder?«

»Nein, Amira nicht«, sagt Paula. »Und Fabienne und Nadja auch nicht.«

»Nee, ist klar.«

21:46 Uhr

»Habe ich da gerade meinen Namen gehört?« In der Tür steht Fabienne in dem fantastischsten Outfit, das die Welt je gesehen hat. Sie stolziert ins Zimmer, als würde es ihr gehören. Nadja und

Amira hinter ihr sind genauso aufgebrezelt. Amiras Haare sind voll cool! Sie fallen in großen, wilden Locken um ihren Kopf, so, wie sie es immer wollte! Wie hat sie das denn geschafft?

Paula und Selina fallen fast die Augen aus dem Kopf und mir auch.

»Was habt ihr denn noch vor?«, fragt Selina.

Paula grinst. »Wollt ihr zu den Sahneschnittchen?«

Oh Mann, dieses Wort!

»Das geht euch gar nichts an«, antwortet Fabienne.

»Dann eben nicht«, sagt Paula.

Fabienne sieht sie an, als wäre sie ein komisches kleines Insekt. Dann setzt sie wieder ihr Fake-Lächeln auf. »Komm, Nadja! Wir gehen!«

Und zu Amira und mir sagt sie: »Bis später, ihr Süßen!«

21:47 Uhr

Als Fabienne und Nadja schon fast draußen sind, ertönt plötzlich ein lautes Pfeifen. Ich bin mir ziemlich sicher, dass das Paula war, aber gesehen habe ich es nicht. Amira zieht die Augenbrauen hoch, Nadjas Nacken unter der Hochsteckfrisur wird knallrot, und Fabienne dreht sich in der Tür um und starrt Paula und Selina böse an. Aber die zwei tun so, als wären sie total mit dem Rauskramen ihrer Schlafklamotten beschäftigt.

Einen Moment später fällt die Tür hinter Fabienne und Nadja zu.

21:55 Uhr

Ich liege mit Jeans und T-Shirt im Bett, und Amira ist voll gestylt unter ihre Decke geschlüpft. Schließlich macht die Klein um zehn immer ihren Kontrollgang.

»Wollt ihr echt noch mal los?«, fragt Selina aus dem anderen Bett.

»Ja, zu den Jungs!«, antwortet Amira, und ich kann hören, wie sie dabei strahlt.

»Ihr wisst schon, dass ihr dafür nach Hause geschickt werden könnt?«, fragt Paula.

Oh, scheiße! »Ernsthaft?«

»Klar! Wenn die Lehrer euch bei den Jungs erwischen …«

»Die erwischen uns nicht«, behauptet Amira.

Hoffentlich behält sie recht!

21:58 Uhr

»Und ihr?«, frage ich in Richtung Paula und Selina. »Wollt ihr wirklich schon schlafen?«

»Quatsch!« Plötzlich leuchtet ein helles Rechteck aus der Richtung von Paulas Bett. »Wir sind bloß schlauer als ihr!«

»Was soll das heißen?«, fragt Amira.

»Spieleabend reloaded.« Paula grinst im blassen Handylicht.

»Hä?«

»Wir spielen mit den Jungs einfach übers Handy weiter«, erklärt Selina. »Das merkt garantiert kein Lehrer.«

»Mit welchen Jungs?«, fragt Amira.

»Mit Kai und Simon und …«

»Ach, mit denen«, sagt Amira. Es klingt ziemlich abfällig.

»Ja, und? Die sind doch tausendmal netter als eure Sahneschnittchen!«

Amira schnaubt bloß als Antwort.

Ich sage nichts. Aber ich habe ein ganz komisches Gefühl im Bauch. Denn ganz ehrlich? Ich würde jetzt viel lieber mit Paula, Selina und Simon ein Handyspiel spielen, als mit Amira zu Justin, Lennard und Till zu gehen.

22:04 Uhr

Schritte auf dem Flur. Ich glaube, die Klein kommt! Schnell ziehe ich die Decke bis unter das Kinn und kneife die Augen noch fester zusammen. Wie Amira das mit ihrem geschminkten Gesicht wohl macht?

22:06 Uhr

Die Tür knarzt, und ein Lichtschein fällt ins Zimmer. Ich linse vorsichtig zwischen den zusammengekniffenen Augenlidern hindurch. Mann, ist das hell! Die Klein steht in der Tür, jedenfalls vermute ich, dass sie es ist. Ein Schatten im hellen Gegenlicht.

22:07 Uhr

Warum steht die denn immer noch da? Kommt sie jetzt rein oder nicht?

22:08 Uhr

Plötzlich fängt ein Handy an zu klingeln. Die Klein zuckt zusammen und knallt die Tür zu. Puh!

22:09 Uhr

Durch die Tür höre ich die Stimme der Klein quäken: »Hallo, Stefan! Bin schon unterwegs!«

Dann Schritte, die sich entfernen.

Geht die jetzt wieder zu dem Petersen aufs Zimmer? Krass!

22:10 Uhr

Uäääähhhh!!!

Denk an was anderes, Lena! Denk schnell an was anderes!

22:11 Uhr

Aber an was bloß?

22:12 Uhr

»Lena?«, flüstert Amira. »Bist du bereit?«

DANKE für die Ablenkung!

Obwohl … Bin ich bereit? Für Justin bin ich so was von überhaupt nicht bereit!

Ich bin höchstens bereit, den anderen zu zeigen, was für ein Idiot er ist.

22:13 Uhr

Als die Tür halb auf ist, steckt Amira erst mal ihren Kopf raus.

»Die Luft ist rein«, flüstert sie.

22:16 Uhr

Wir schleichen durch die dunklen Gänge, Amira in ihrem tief ausgeschnittenen Shirt und mit der coolen Frisur und ich in Jeans und einem einfachen T-Shirt. Das einzige Licht kommt von unseren Handytaschenlampen, deren fahler Schein über Boden und Wände tanzt. Ich fühle mich fast wie in einem Krimi.

22:18 Uhr

Da vorne ist die Tür zum Jungszimmer, und davor warten schon Fabienne und Nadja (natürlich auch in ihren Party-Outfits).

»Na, ihr Süßen? Alles klar bei euch?«, fragt Fabienne.

»Ja«, sagt Amira. »Ich freu mich schon total!«

Ich sage nichts. Ein bisschen komisch fühle ich mich jetzt doch neben den drei gestylten Ladys. Vielleicht hätte ich wenigstens ein kleines bisschen Mascara benutzen sollen?

22:19 Uhr

Fabienne klopft an die Tür. Wenn ich daran denke, dass Amira und ich vor zwei Tagen schon mal hier standen und total enttäuscht waren, dass sie nicht aufgegangen ist … Unfassbar, dass das erst zwei Tage her ist!

22:20 Uhr

Die Tür geht auf, und Till strahlt uns an. Das heißt, hauptsächlich strahlt er Amira an.

Jetzt passiert es also wirklich! Wir gehen ins Jungszimmer!

Irgendwie bin ich doch ein bisschen aufgeregt …

22:21 Uhr

Lennard und Justin sitzen am Tisch vor dem Fenster (der Vorhang mit dem Uralt-Muster ist natürlich zugezogen) und mustern die anderen Mädels bewundernd.

Garantiert kommt gleich ein blöder Kommentar über meine Klamotten, aber heute bin ich vorbereitet! Ich habe die Szene tausendmal im Kopf durchgespielt.

»Was ist dein Problem, du trägst doch dasselbe!«, ist die Antwort, die ich Justin entgegenschleudern werde.

Und es stimmt ja auch! Die Jungs rennen immer in Jeans und Schlabber-T-Shirts rum, also warum soll ich mich dann aufbrezeln?

22:22 Uhr

Justin sieht mich an. Jetzt kommt's!

»Hi, Lena, cool, dass du da bist!«

»Was ist dein …« Ich klappe den Mund wieder zu. Was hat er gesagt?!

Amira stößt mich in die Seite.

»Ähm … Ja. Hi«, stammele ich, und Justin lächelt mich an.

Wenn es nicht Justin wäre, könnte man fast meinen, dass er nett ist!

Oder will er mich bloß wieder verarschen?

22:23 Uhr

»Alle Mädels in mein Bett«, sagt Lennard grinsend und zeigt auf das untere Bett am Fenster.

»Das hättest du wohl gern!«, antwortet Fabienne.

»Zum Sitzen, meine ich, nur zum Draufsitzen!« Er zwinkert ihr zu. »Was hast du denn gedacht?«

Fabienne schnaubt bloß als Antwort, aber sie lässt sich auf Lennards Bett plumpsen, genau wie Nadja. Amira setzt sich zu Till aufs Bett. Und ich? Normalerweise wäre mein Platz ja bei Amira, aber heute quetsche ich mich lieber neben Nadja. Bei Amira und Till störe ich bloß!

22:24 Uhr

Lennard schnappt sich sein Handy, und einen Moment später kommt coole Musik aus einer kleinen Lautsprecherbox auf der Fensterbank. Dann tragen Lennard und Justin ihre Stühle dichter heran. Justin geht dabei extra um den Tisch herum auf meine Seite.

»Chips?« Er hält mir eine Tüte hin.

»Ähm … Ja. Danke.«

Ich greife hinein. Scharfe Paprika, meine Lieblingssorte!

Justin lächelt mich schon wieder an, und so langsam kapiere ich gar nicht mehr, was hier läuft. Warum ist er auf einmal so nett zu mir?

Oder hat Amira etwa doch recht, und er ist wirklich in mich verliebt und wollte mich vorhin nur ärgern?

22:26 Uhr

Wenn ich nicht so durcheinander wäre, weil Justin sich so merkwürdig verhält, könnte es richtig schön sein: Wir sitzen auf den Betten, die Chips und eine Gummibärchentüte wandern herum, alle lästern über die Lehrer, und Lennard dreht die Musik noch ein bisschen lauter.

22:30 Uhr

Plötzlich hält Nadja eine Hand hoch. »Seid mal leise!«

»Was ist?«, fragt Lennard.

»Pssst! Und mach die Musik aus!«

Lennard schaltet die Musik aus, und jetzt hören wir es alle: Stimmen im Flur. Erwachsene Stimmen. Lehrerstimmen!

Amira und ich sehen uns panisch an.

»Amira!« Till hält seine Bettdecke an einer Seite hoch, sodass Amira darunterschlüpfen kann. Dann legt er sich so daneben, dass man sie gar nicht mehr sieht. Genial! Fabienne kriecht unter Lennards Decke, Nadja stürmt zum Kleiderschrank.

Und ich? Ich stehe mitten im Raum und sehe mich panisch um.

»Lena! Hierher!« Im Bett über Lennard hält Justin seine Decke hoch. Aber ich gehe doch nicht zu Justin ins Bett!

Nur: Wohin sonst?

22:31 Uhr

Scheiße, die Stimmen sind schon direkt vor der Tür! Was mach ich nur, was mach ich nur? Panisch drehe ich mich im Kreis. Wenn die Lehrer mich hier erwischen, schicken die mich direkt wieder nach Hause!

»Lena!«, zischt es neben mir aus der Schranktür. Nadja winkt mich hektisch zu sich!

Aber in den kleinen Schrank passen wir doch niemals beide rein!

22:32 Uhr

Ich kriege kaum Luft, und Nadjas Ellenbogen bohrt sich schmerzhaft in meine Rippen. Aber: Wir sind tatsächlich beide drin! Und keine Sekunde zu früh.

Vor der Schranktür sagt Herr Petersen: »Ich habe doch Stimmen aus eurem Zimmer gehört! Und das klang sehr nach Mädchenstimmen!«

Die Jungs protestieren lautstark, von wegen dass er sie geweckt hat und was das denn soll mitten in der Nacht. Und dann behauptet Till, dass Justin immer Albträume hat und dann manchmal schreit.

»Hast du Heimweh?« Plötzlich klingt die Petersen-Stimme viel netter. Nadjas Körper neben mir wackelt, als würde sie lautlos lachen, und ich muss mir auf die Zunge beißen, um nicht loszukichern. Ja, klar! Der kleine Justin hat Heimweh!

22:35 Uhr

Plötzlich wird die Schranktür aufgerissen, und ich kriege fast einen Herzinfarkt, aber es ist bloß Fabienne. »Ihr könnt rauskommen! Er ist weg.«

Puh!

22:37 Uhr

Wir sitzen wieder auf den Betten beziehungsweise Stühlen, und alle kichern und flüstern durcheinander.

»Der hat sogar unter die Betten geguckt«, sagt Lennard. »Aber zum Glück nicht IN die Betten!«

»Und in den Schrank auch nicht«, sagt Nadja.

Oh Mann, wenn der Petersen uns erwischt hätte!

»Till hat ihn ja auch super abgelenkt«, sagt Lennard und muss lachen. »Der kleine Justin möchte bitte von seiner Mami abgeholt werden!«

»Du Sack!«, brummt Justin, aber er grinst genauso wie alle anderen.

Dann bemerkt er wohl meinen Blick und hält mir die Chipstüte hin. Ich greife zu.

»Danke«, sage ich. »Das ist meine Lieblingssorte!«

»Echt? Meine auch!« Justins Grinsen wird noch eine Spur breiter.

Wenn er grinst, sieht er echt verdammt gut aus. Ich greife noch mal in die Tüte.

22:38 Uhr

»Lena, du spielst doch mit, oder?«, fragt Amira.

»Was denn?«

»Lena war gerade ganz weit weg!« Fabienne wackelt mit den Augenbrauen in Richtung Justin.

»War ich gar nicht! Und klar spiele ich mit.«

Blöderweise habe ich keine Ahnung, wobei.

»Wahrheit oder Pflicht«, sagt Amira.

Oh nein!

22:39 Uhr

Lennard kramt in seinem Rucksack und holt eine Wasserflasche heraus.

Die legt er zwischen uns auf den Boden und dreht sie mit ziemlich viel Schwung im Kreis. Sie wird langsamer und langsamer …

Bitte nicht bei mir stehen bleiben! Bitte nicht!

22:40 Uhr

Die Flasche stoppt bei Fabienne. Puh!

»Wahrheit oder Pflicht?«, fragt Lennard.

»Pflicht«, antwortet Fabienne.

Garantiert lässt Lennard sie gleich jemanden küssen. Oder ihr T-Shirt ausziehen oder was noch Peinlicheres.

Ich würde ja niemals Pflicht nehmen!

22:41 Uhr

Fabienne muss Handstand machen. An der Wand.

»Laaangweilig«, ist ihr Kommentar dazu.

Aber so wie Lennard grinst, kommt gleich noch was.

22:42 Uhr

Im Handstand rutscht Fabiennes T-Shirt runter. Also dahin, wo normalerweise oben ist, in Richtung Schultern. Ihr BH ist schwarz, mit viel Spitze. Lennard glotzt total auffällig, genau wie alle anderen, auch die Mädchen. Wie soll man da auch nicht hingucken?

Wenn ich dran bin und Handstand machen soll, stecke ich definitiv mein Shirt in die Hose! Egal, wie uncool das normalerweise ist.

(Aber ich nehme ja gar erst nicht Pflicht!)

22:44 Uhr

Fabienne ist dran mit Flaschendrehen. Sie lässt Nadja Sit-ups machen, um die Wette mit Lennard und Justin. Dabei verrutscht Justins T-Shirt, und man sieht seine Bauchmuskeln. Und den Rand seiner Boxershorts. Es ist genau wie eben bei Fabienne: Wie soll man da nicht hinsehen?

22:45 Uhr

Justin gewinnt.

22:47 Uhr

Jetzt muss Till Handstand machen. Seine Bauchmuskeln sind auch nicht schlecht, aber nicht so spektakulär wie Justins.

22:49 Uhr

Die Flasche stoppt bei Amira.

»Amira?«, fragt Till. »Wahrheit oder Pflicht?«

»Wahrheit«, sagt Amira. Kluges Mädchen!

22:50 Uhr

Obwohl … Vielleicht doch nicht so klug. Till hätte bestimmt gesagt, sie soll ihn küssen!

22:51 Uhr

Till holt Luft. »Bist du in jemanden verliebt?«, fragt er.

Amira guckt erst auf den Boden, dann an die Decke, dann ungefähr auf Tills Brusthöhe und dann plötzlich direkt in sein Gesicht.

»Ja«, sagt sie mit zitternder Stimme, und Tills Wangen fangen an zu glühen.

So süß!

22:52 Uhr

»Du bist dran mit Drehen, Amira!«, sagt Fabienne, und Amira reißt sich widerwillig von Tills Augen los. Ein Wunder, dass es nicht »Plopp« macht, so wie ihre Blicke aneinander festgesaugt waren!

22:53 Uhr

Die Flasche zeigt auf mich. Mist! Aber irgendwann musste das ja passieren.

»Wahrheit«, sage ich.

»Bist du in jemanden verliebt?« Amira grinst erst mich an, dann Justin.

Warum fragt sie so was Blödes? Sie weiß doch, dass ich sauer auf Justin bin!

Wobei … Heute Abend ist er ja echt nett zu mir … Ich sehe zu ihm rüber, und seine Augen treffen meine. Schnell sehe ich wieder weg.

»Nein«, sage ich mit fester Stimme. (Na ja, nicht ganz so fest, wie ich geplant hatte.) »Ich bin nicht verliebt.«

»Wer's glaubt!«, kreischt Fabienne.

»Lena, du musst die Wahrheit sagen«, erklärt Lennard. »Das sind die Regeln.«

»Das ist die Wahrheit! Wirklich! Ich bin nicht verliebt!«

Wenn Fabiennes Augenbrauen noch höher wandern könnten, würden sie oben über ihren Kopf rutschen und hinten wieder runterplumpsen.

»Lena, du bist dran mit Drehen!«, sagt Justin.

Ich lächele ihm dankbar zu, aber nur ganz kurz, damit es keiner falsch verstehen kann. Dann greife ich nach der Flasche und drehe.

22:54 Uhr

Die Flasche stoppt bei Nadja. »Wahrheit«, sagt sie.

Okay, Wahrheit … Was frage ich nur, was frage ich nur? Mein Gehirn ist total leergepustet!

»Ähm … Welches Haustier hättest du gerne?«, frage ich schließlich, und alle stöhnen.

»Öööö-de!«, ruft Fabienne.

Okay, es ist öde, aber was soll ich machen, wenn mir nichts anderes einfällt?

»Eine Schildkröte«, antwortet Nadja.

»Echt?«, fragt Amira. »Warum das denn?«

»Ich finde die irgendwie cool.«

»Die sind ja auch cool«, sage ich.

»Die sind vor allem laaaaaannngsaaaaaam«, sagt Justin und krabbelt in Zeitlupe durch den Raum. Und obwohl das ein bisschen fies ist, muss ich total lachen, genau wie alle anderen. Von wegen meine Frage war öde!

Justin sieht zu mir rüber und zwinkert mir zu. Ich glaube fast, Amira hat doch recht und er steht auf mich!

22:56 Uhr

»Pflicht«, sagt Fabienne.

»Küss mich«, sagt Lennard.

Alle halten die Luft an.

Das macht sie bestimmt nicht! Oder?

22:57 Uhr

Fabienne steht auf und geht zu Lennard rüber. Sie setzt sich auf seinen Schoß, legt die Hand an seinen Hinterkopf, zieht ihn zu sich heran und presst ihre Lippen auf seine. Sie macht es! Sie macht es WIRKLICH!

Amira gegenüber steht der Mund offen. Und mir auch.

22:58 Uhr

Die knutschen immer noch! Ob das mit Zunge ist? Das ist garantiert mit Zunge!

Ich wüsste ja gar nicht, wie das geht!

22:59 Uhr

Endlich macht sich Fabienne von Lennard los. Ich fasse es nicht, dass sie ihn mit Zunge geküsst hat! Sie schiebt sich von Lennards Schoß und kommt zurück zu Nadja und mir. Überhaupt, dass sie sich einfach so auf seinen Schoß gesetzt hat! Das würde ich mich ja nie trauen!

Fabienne grinst mich an. »Ja, guck genau hin, Lena, da lernst du noch was!«

»Ähm … Ich …«, stammele ich.

»Jetzt lass sie doch«, sagt Justin. Total nett! Er legt die Hand auf mein Knie, und die Stelle, wo er mich berührt, wird ganz heiß. Und … ist das etwa ein leises Kribbeln in meinem Bauch?

23:01 Uhr

Die Flasche zeigt auf Amira, und Fabienne fragt sie: »Hast du schon mal jemanden geküsst?«

»Ja«, behauptet sie mit dünner Stimme.

»Echt?«

»Na ja …« Amira starrt auf den Boden, weil Till sie so intensiv ansieht.

»Noch nicht?«, fragt er ganz lieb.

Amira schüttelt wie in Trance den Kopf.

»Aber … Na ja … Möchtest du vielleicht …?« Er sieht sie an, und seine Wangen sind feuerrot.

Sie blickt auf und nickt.

Sie sehen sich tief in die Augen … Ihre Gesichter kommen sich immer näher … Ihre Lippen berühren sich … Und dann küssen sie sich! Sie küssen sich wirklich!!!

Alle johlen und jubeln.

Ich freue mich so für Amira!

23:03 Uhr

»Psst!«, ruft Nadja. »Sonst kommen gleich wieder die Lehrer!«

»Spielverderber«, brummt Lennard.

Aber Amira und Till sind eh fertig mit Knutschen.

23:04 Uhr

Amira lässt Lennard Sit-ups machen, und danach muss Nadja in den Handstand. Ihr Shirt steckt zwar nicht in der Hose, aber es ist so hauteng, dass es nicht verrutscht. Clever!

23:07 Uhr

Schon wieder Lennard. Nadja lässt ihn ebenfalls Handstand machen.

Echt öde. Vielleicht sollte ich einfach gehen? Ich wollte doch gar nicht so lange bleiben.

23:08 Uhr

»Lena! Du bist dran! Wahrheit oder Pflicht?«

Mist! Wäre ich mal gegangen! Wenn ich Wahrheit nehme, fragt Lennard garantiert, ob ich schon mal jemanden geküsst habe, so wie Till vorhin Amira. Wenn ich dann lüge, glaubt mir eh keiner. Und am Ende will Lennard mir auch noch zeigen, wie das geht!

Was mache ich denn dann?

Aber wenn ich Pflicht nehme, kommt garantiert auch was mit Küssen!

Oder?

Ich meine, die anderen mussten eben alle nur Handstand machen. Und Lennard weiß ja nichts von meinem Reinsteck-Trick!

»Na, Lena?«, fragt Lennard.

»Ähm … Pflicht«, sage ich.

»Okay!« Lennard grinst. »Dann küss Justin.«

Waaas???

23:09 Uhr

Alle sehen mich an. Justins Blick brennt sich in mein Gesicht.

Will er mich etwa echt küssen? Bis vor Kurzem wäre das mein Traum gewesen, dann mein Albtraum und jetzt … Keine Ahnung, aber ich kann ihn doch nicht einfach so küssen!

Egal, wie nett er heute zu mir war, und egal, ob er in mich verliebt ist, und egal, ob ich vielleicht auch noch ein ganz kleines bisschen in ihn …

Ich sehe hilfesuchend zu Amira hinüber, aber die ist mit einem seligen Lächeln in Tills Arme gekuschelt.

»Na los, Lena!«, sagt sie.

»Aber …«, murmele ich.

Und Fabienne kreischt: »Erst bei uns spannen und jetzt kneifen, oder was? Willst du uns verarschen?«

Ich sollte aufstehen und gehen. Einfach aufstehen und …

Da quetscht sich Justin neben mich auf das Bett, und plötzlich sind meine Beine aus Wackelpudding. Ich sitze hier wie festgeklebt.

»Na komm, Lena«, sagt er mit weicher, dunkler Stimme.

Blaue Augen … Kribbeln im Bauch … Alles glüht … Ich starre in sein Gesicht … Lippen, die immer näher kommen … Und dann zieht Justin plötzlich meinen Kopf zu sich heran und presst seine Lippen auf meine.

23:11 Uhr

Im ersten Moment ist es fast schön, obwohl er mich so überrumpelt hat. Ein bisschen zu heftig vielleicht, und seine Lippen sind härter, als ich dachte, aber beim ersten Kuss darf man vielleicht nicht zu viel erwarten. Doch plötzlich bohrt sich seine Zunge zwischen meinen Lippen hindurch. Sie ist fest und glitschig gleichzeitig … Und jetzt dreht sie sich auch noch um meine … Einmal, zweimal, dreimal … Dann zieht sie sich endlich wieder zurück, und Justin lässt mich los.

Am liebsten würde ich mir jetzt den Mund abwischen!

Aber das mache ich natürlich nicht. Stattdessen zwinge ich mich zu einem Lächeln.

23:12 Uhr

Wenigstens weiß ich jetzt Bescheid: Ich bin definitiv nicht mehr in Justin verliebt! Aber er ja wohl in mich, wo er mich so unbedingt küssen wollte. Und ich will ja seine Gefühle nicht verletzen …

Justin plumpst zurück auf seinen Stuhl. »Na also! Mich hat noch jedes Mädchen geküsst!« Er lacht meckernd, und das Lachen ist wie eine Ohrfeige, die mich aus einem bösen Traum aufweckt. Von wegen verliebt!

Der ist nicht in mich verliebt, der hat mich schon wieder verarscht!

»Toll war das nicht gerade«, sage ich mit rauer Stimme.

»Nee, klar! Das ist die Aufregung beim ersten Mal!« Justin zwinkert mir zu, und auf einmal ist mir nur noch übel. Wie konnte ich jemals denken, der Typ wäre nett?

Da sehe ich das Handy in Lennards Hand. Er hat doch hoffentlich nicht …

»Hast du das gefilmt?«, fragt Justin.

Nein, nein, NEIN! Alles, nur das nicht!

»Hast du sie noch alle?«, antwortet Lennard. »Glaubst du, ich will dich beim Knutschen sehen?«

PUH!!!

Plötzlich gehorchen mir meine Beine wieder. Ich springe auf.

»Was ist denn los?«, fragt Nadja.

»Ich geh dann mal …« Ich zeige auf die Tür. Die rettende Tür! Nichts wie ab zur Tür …

Doch Fabienne hält mich am Ärmel fest. »Halt! Du bist doch dran mit Drehen!«

»Mach du für mich«, sage ich, und ihre Augen leuchten.

»Ciao, Lena«, sagt Nadja, alle anderen starren schon wieder auf die Flasche in Fabiennes Hand. Außer Amira. Die knutscht mit Till.

23:14 Uhr

Ich schleiche durch die dunklen Gänge zurück zu unserem Zimmer. Justin ist echt der mieseste Typ, den ich kenne! Der hat mich total verarscht! Und der Kuss war einfach nur eklig.

WARUM bin ich nicht vorher aufgestanden und weggegangen? WARUM???

23:15 Uhr

Und warum hat Amira mir nicht geholfen? Stattdessen hat sie noch gesagt: »Na los, Lena!« Dabei wusste sie ganz genau, dass ich das nicht will!

Oder vielmehr: Sie hätte es wissen müssen … Aber sie hat überhaupt nicht gemerkt, wie mies es mir geht!

Früher wussten wir immer ganz genau, was die andere gerade denkt. Wir waren fast wie Zwillinge. Und heute …?

Ich glaube, sie hat nicht mal gemerkt, dass ich gegangen bin!

Ich meine, klar freue ich mich für sie, dass es mit Till geklappt hat.

Aber trotzdem!

23:16 Uhr

In unserem Zimmer lausche ich erst mal, aber die Atemzüge aus Paulas und Selinas Bett klingen tief und gleichmäßig. Puh! Blöde Kommentare sind echt das Letzte, was ich jetzt brauchen kann! Ich glaube, dann würde ich anfangen zu heulen.

Oder zu kotzen! Oder beides.

23:17 Uhr

So leise wie möglich schlüpfe ich in meine Schlafklamotten. Gar nicht so einfach, nur mit Handybeleuchtung und wenn man keinen Krach machen will. Ich verpasse das linke Hosenbein und kann mich gerade noch auf dem Bett abstützen. Vielleicht sollte ich die Pyjamahose besser im Sitzen anziehen …

23:18 Uhr

Am liebsten würde ich direkt ins Bett fallen, aber der Geschmack in meinem Mund ist zu eklig. Auf dem Weg zum Waschbecken kleben meine nackten Füße bei jedem Schritt auf dem Boden fest. Hoffentlich wachen Paula und Selina davon nicht auf!

23:19 Uhr

Ich stelle das Handy als Beleuchtung auf die Ablage und quetsche Zahnpasta auf die Zahnbürste. Dann schrubbe ich im Turbotempo meine Zähne. Der Wasserhahn donnert ins Waschbecken wie die Niagarafälle, trotzdem spüle ich dreimal aus.

»Lena?«, murmelt Paulas Stimme. Ich erstarre mitten in der Bewegung, wie beim Stopptanzen.

»Lena? Amira? Seid ihr das?«

»Schlaf weiter«, raune ich, und sie dreht sich auf die andere Seite.

23:20 Uhr

Wieder gleichmäßige Atemzüge. Puh!

23:21 Uhr

Endlich im Bett.

23:25 Uhr

Linke Seite – unbequem. Rechte Seite – unbequem. Auf dem Rücken – noch blöder.

Wie soll man auch schlafen, wenn sich im Kopf alles dreht?

Amira, die mit Till knutscht – und Fabienne mit Lennard – Justins Wabbelzunge in meinem Mund – sein meckerndes Lachen – und wieder von vorne.

23:30 Uhr

Wann Amira wohl kommt?

Und was soll ich dann zu ihr sagen?

Am besten, ich schlafe schnell ein!

23:35 Uhr

Aber was sage ich dann morgen früh zu ihr?

O Gott, morgen früh! Beim Frühstück sehe ich die alle wieder! Auch Justin!

Und alle wissen, was passiert ist!

Ich glaube, ich sterbe!!!

23:43 Uhr

Bin doch nicht gestorben. Aber schlafen kann ich auch nicht.

23:47 Uhr

Die Tür knarrt. Das heißt, Amira kommt!

Taps, taps, taps in meine Richtung … Leiterknarren und Bettwackeln …

»Lena?«, flüstert Amira von oben.

Was soll ich nur zu ihr sagen? Am besten, ich tue so, als ob ich schon schlafe.

»Lena? Schläfst du schon?«

So schnell gibt sie nicht auf. War ja klar.

»Lena?«

»Ich schlafe«, raune ich zurück.

Amira kichert leise. Dann flüstert sie: »Wir haben es geschafft, Lena! Wir haben beide unseren ersten Kuss bekommen! Ist das nicht toll?«

Schön für sie, dass ihr Kuss so toll war.

MEIN Kuss war alles Mögliche, aber ganz bestimmt nicht toll!

»Hmpf«, mache ich.

»Ist was?«, fragt Amira.

Ich schweige. Das sollte sie eigentlich selbst wissen!

»Was ist denn los? War dein Kuss nicht schön?«

»Scheiße war der!«, platzt es aus mir heraus. »Und ich wollte das auch gar nicht! Aber das hat ja keinen interessiert!«

»Ähm … Aber … Ich dachte, du wolltest unbedingt deinen ersten Kuss kriegen? Du hättest es ja auch nicht machen müssen!«

»Das klang vorhin aber anders!«

Stille von oben. Dann: »Was soll das heißen?«

»Na los, Lena!«, sage ich in genau demselben Tonfall wie sie vorhin.

»Hhm … Okay … Vielleicht habe ich das gesagt. Na und? Du hättest doch trotzdem »nein« sagen können! Außerdem dachte ich, du bist verliebt in Justin und freust dich!«

»Ich bin nicht mehr in ihn verliebt! Das habe ich dir doch vorhin schon erzählt!«

»Ja, weil du dachtest, Justin ärgert dich. Aber heute Abend war er doch echt süß zu dir! Außerdem geht Verliebtsein normalerweise nicht so schnell vorbei.«

»Normalerweise?«, frage ich, weil sie das Wort so komisch betont hat. »Was soll das heißen, normalerweise?«

»Das soll heißen, dass du vielleicht nie richtig in ihn verliebt warst!«

»Doch, klar war ich das!«

»Und warum ist es dann jetzt so schnell vorbei?«

»Na ja, keine Ahnung …«, murmele ich. »Okay, vielleicht war ich nicht so sehr in ihn verliebt wie du in Till, das kann schon sein … Ich meine, ich wollte eben auch endlich meinen ersten Kuss haben …«

»Also war das alles gelogen? Alles, was du mir über Justin vorgeschwärmt hast?«

»Nein! Natürlich nicht!« Wieso habe ich auf einmal das Gefühl, mich verteidigen zu müssen?

23:51 Uhr

Stille von oben.

»Amira?«

Ich fasse es nicht! Erst lässt sie mich hängen, und jetzt ist SIE beleidigt?

23:52 Uhr

»Amira?«

Immer noch keine Antwort.

Noch mal frage ich aber nicht!

23:53 Uhr

»Amira?«

Tiefes Atmen von oben.

Wie kann sie jetzt schlafen? Wir haben uns noch nie so schlimm gestritten! Danach kann man doch nicht einfach einschlafen!

ICH werde garantiert die ganze Nacht kein Auge zutun.

23:55 Uhr

Die ganze Nacht kein Auge …

Tag 4

6:18 Uhr

Ich schlage die Augen auf. Anscheinend bin ich doch eingeschlafen.

Wie spät ist es überhaupt? Durch die Vorhänge kommt schwaches Licht.

Ist es schon Morgen?

Ich angele nach meinem Handy.

Uaaah! So früh stehe ich sonst nie auf!

Und schon gar nicht freiwillig!

6:33 Uhr

Ich geb's auf. Wieder einschlafen klappt einfach nicht. Und im Bett liegen und an die Latten über mir starren macht auch keinen Spaß. Da startet nur wieder das Gedankenkarussell, und ich sehe Justins Lippen vor mir, wie sie immer näher kommen … Und spüre seine Zunge, wie sie … WÜRG!!!

Ich setze mich auf und schwinge die Beine aus dem Bett.

6:36 Uhr

Die Betten von Paula und Selina sind leer. Wie kann man nur freiwillig so früh aufstehen?

Ich wanke zum Waschbecken und spritze mir Wasser ins Gesicht.

Uaah, ist das kalt!

Aber so wirklich wach werde ich davon auch nicht.

6:38 Uhr

Was mache ich nur, wenn Amira gleich aufwacht? Was, wenn sie mich immer wieder ignoriert?

Oder noch schlimmer: mit mir reden will?

Mit Amira reden, das schaffe ich jetzt auf gar keinen Fall!

Schnell raus hier! Wo sind meine Klamotten von gestern?

6:42 Uhr

Draußen. Endlich! Die Luft ist kühl, und es ist ganz ruhig – bis auf das Zwitschern der Vögel. Ich marschiere los, auf dem Weg, der von der Jugendherberge wegführt.

6:45 Uhr

Der Kaninchenstall ist noch zugesperrt. Wahrscheinlich, um die Kleinen nachts vor Katzen oder Füchsen zu schützen.

Schade!

6:46 Uhr

Ich gehe weiter, an der Volleyballwiese vorbei (jetzt bloß nicht an Justin denken … Uah! Zu spät!), danach um zwei Kurven herum. Dahinter geht's in einen richtig großen Park. Keine Ahnung, ob der noch zur Jugendherberge gehört, jedenfalls ist er echt schön. Vor allem, weil hier keiner ist außer mir, den Vögeln und den großen, alten Bäumen.

6:54 Uhr

Moment mal! Seit wann können Bäume sprechen?

6:56 Uhr

Oh nein! Es sind gar nicht die Bäume! Es ist eine Gruppe von Joggern, die von den Bäumen verdeckt war.

6:57 Uhr

Doppelt oh nein! Das sind welche aus meiner Klasse!

Vorneweg joggt der Petersen und dahinter ... Paula und Selina? Dann kommen ein paar andere und dann Kai und ... Simon!

Schnell weg hier, bevor die mich entdecken!

Ich flitze los, die Augen fest auf die Jogger gerichtet, und ...

BUMM!!!

6:58 Uhr

Ich sitze auf dem Boden. Mein Kopf brummt, und mein Knie brennt wie Feuer. Ich glaube, ich bin gegen irgendwas gerannt ...

Scheiße! Ich bin gegen einen Baum gerannt!

Hoffentlich hat das keiner gesehen.

»Alles klar bei dir, Lena?«

Über mir taucht das Gesicht von Simon auf.

6:59 Uhr

»Klar ist alles klar! Was soll auch nicht klar sein?«, stottere ich mit glühenden Wangen und versuche aufzuspringen, aber weil das Knie so wehtut, wird es eher ein Hochstützen in Zeitlupe.

Simons Mundwinkel zucken. »Hat der Baum dich angerempelt?«

»Sehr witzig.«

Er grinst. »Diese Bäume heutzutage … Die haben echt kein Benehmen mehr, was?«

Gegen meinen Willen muss ich zurückgrinsen.

»Na dann … Man sieht sich«, sagt Simon.

»Ja. Klar.«

Er dreht sich um und läuft zurück zu den anderen Joggern.

Hinten auf seinem T-Shirt steht »Läuft«. Was ja auch stimmt.

Ich muss schon wieder grinsen.

7:00 Uhr

Warum sehe ich ihm eigentlich hinterher? Und warum grinse ich die ganze Zeit so dämlich?

Klarer Fall: Ich bin verwirrt, weil ich einen Schlag auf den Kopf bekommen habe. Von dem Baum ohne Benehmen.

Schluss jetzt! Ich muss dringend wieder zurück in die Jugendherberge, wenn ich vor dem Frühstück noch duschen will! Mit einem Ruck drehe ich mich um und stapfe zurück zum Haus.

7:09 Uhr

Da vorne ist die Tür zu unserem Zimmer.

Ob Amira schon wach ist?

7:10 Uhr

Ihr Bett ist leer. Puh!

Ich schnappe mir meine Kulturtasche und das Handtuch.

Hoffentlich treffen wir uns nicht bei den Duschen!

7:12 Uhr

Wie eine Agentin auf geheimer Mission linse ich durch den Türspalt in den Duschraum der Mädchen. Der Vorraum ist leer, und es ist noch genau eine Dusche frei.

Das ist meine Chance!

7:15 Uhr

Duschen tut so gut!

7:28 Uhr

Als ich zurück ins Zimmer komme, steht Amira vor dem Spiegel und putzt sich die Zähne. Es ist so weit. Der Moment der Wahrheit.

Ich will nicht!!!

7:29 Uhr

Amira ist so vertieft ins Zähneputzen, dass sie mich nicht bemerkt. Könnte natürlich auch daran liegen, dass ich agentenmäßig hinter ihr langschleiche.

Obwohl: Wenn ich gesehen hätte, dass Paula und Selina auch im Zimmer sind und nach ihrem Duschzeug kramen, hätte ich das wohl gelassen. Diese Blicke!

7:37 Uhr

Paula und Selina sind in Richtung Duschen verschwunden, und ich habe mich im absoluten Schnarchtempo angezogen. Eigentlich müsste ich jetzt meine Haare föhnen. Vor dem Spiegel. Wo Amira immer noch steht und sich stylt.

Ach was, auf dem Bett sitzen ist auch sehr gemütlich!

7:39 Uhr

Was mache ich hier eigentlich? Will ich Amira ernsthaft die ganze restliche Klassenfahrt aus dem Weg gehen?

Außerdem: Sie hat ja wohl mindestens so viel falsch gemacht wie ich!

7:40 Uhr

Ich stöpsele den Föhnstecker in die Steckdose neben dem Waschbecken. Amira guckt starr geradeaus in den Spiegel.

Soll ich was zu ihr sagen?

Aber was?

7:42 Uhr

Wir stehen direkt nebeneinander, aber wenn sich unsere Blicke im Spiegel treffen, sehen wir beide ganz schnell wieder weg.

7:44 Uhr

Paula und Selina kommen zurück ins Zimmer und ziehen sich an. Vor denen kann ich nicht mit Amira reden, so viel steht fest.

Aber irgendetwas muss passieren!

7:46 Uhr

Ich sehe so lange in den Spiegel, bis Amira wieder guckt, dann frage ich: »Alles okay?«

»Klar. Was soll sein?«

»Ach, nichts«, sage ich schnell. »Also ist alles okay?«

»Ja. Klar.« Amira lächelt mir kurz zu, dann tuscht sie weiter ihre Wimpern.

7:47 Uhr

Es fühlt sich so an, als wäre doch was.

7:58 Uhr

»Kommst du?«, fragt Amira.

Sie will mit mir zusammen zum Frühstück!

Jippie!!!

8:00 Uhr

Aber was mache ich, wenn Amira bei Till sitzen will? Ich kann unmöglich am selben Tisch sitzen wie Justin!!!

8:01 Uhr

Da vorne ist der Tisch der Jungs. Justin erzählt mit großem Getue irgendeine Story. Hoffentlich nicht über gestern Abend!

Seine Haare sind noch nass und sehen voll schleimig aus, und sein riesiger Mund lacht viel zu laut … Wie konnte ich den nur jemals süß finden?

8:02 Uhr

Oh nein! Amira steuert direkt auf die Jungs zu! Am liebsten würde ich einfach abbiegen in eine andere Richtung, aber da ist nur der Lehrertisch, und ich kann mich ja schlecht alleine zu den Lehrern setzen!

Till strahlt Amira entgegen, und in ihrem Gesicht geht die Sonne auf. Ich bin ein Schwein, wenn ich sie jetzt von Till wegzerre, aber ich KANN mich nicht zu Justin setzen! Wie der mich schon wieder mustert … Und dazu sein Schleimgrinsen … Uäähhh!!! Mir wird übel!

Aber einfach abhauen und Amira alleine lassen kann ich auch nicht. Nicht nach unserem Streit!

Was mach ich nur, was mach ich nur?

8:03 Uhr

SIE GEHT VORBEI!

Sie strahlt die ganze Zeit Till an und streichelt ihm über die Schulter, und er berührt dabei ihren Arm, aber sie geht vorbei! DANKE, Amira!

8:04 Uhr

Sie geht … zum Tisch von Fabienne und Nadja. Die gestern Abend auch dabei waren und blöde Sprüche gebracht haben, jedenfalls Fabienne. Ich habe so was von gar keine Lust, mich zu denen zu setzen! Klar, hier ist es besser als am Jungstisch, aber trotzdem. Meine Schritte werden immer langsamer.

Amira hingegen schnappt sich gleich den Stuhl neben Fabienne.

»Hi!« Sie strahlt Fabienne an, aber die brummelt nur irgendwas. Sie sieht ziemlich blass aus und trägt eine riesige Sonnenbrille.

Dafür sagt Nadja: »Hi, ihr zwei!« Sie hat heute auch eine Brille auf, aber eine richtige mit hellen Gläsern. Ist heute Tag der Brille oder so was?

»Seit wann trägst du denn eine Brille?«, fragt Amira.

»Sonst hab ich Kontaktlinsen, aber heute Morgen waren meine Augen zu trocken«, antwortet Nadja. »Setz dich doch, Lena!« Sie zeigt auf den Stuhl neben sich.

»Nee, ich geh erst mal zum Büffet.«

Damit mache ich, dass ich wegkomme.

8:07 Uhr

Ich lade mir das Tablett voll. Brötchen, Käse, Marmelade, Weintrauben … Alles außer Müsli. (Stichwort: vollgekleckertes T-Shirt!)

Jetzt nur noch Tee und ein Glas Saft …

8:08 Uhr

Muss der Saft so elendig langsam in mein Glas tropfen?

Blöderweise steht der Saftautomat genau neben den Müslischalen, und vor den Müslischalen stehen Paula und Simon und diskutieren darüber, was alles in ein gutes Müsli gehört. Früchte? Rosinen? Schokolade? Mandeln? Nüsse?

Nicht dass ich lausche oder so! Und ich gucke auch so gut wie gar nicht zu den beiden rüber.

Moment mal, ist das wirklich das Wort »Penis« vorne auf Simons T-Shirt?

Tatsächlich, da steht: »My penis is bigger than yours«.

WAAAAHHH! So was schreibt man doch nicht auf ein T-Shirt!

8:09 Uhr

Ob Simons Penis echt so groß ist? Größer als der von den anderen Jungs?

Halt! Stopp! Darüber will ich AUF GAR KEINEN FALL NACHDENKEN!!!

Trotzdem muss ich immer wieder zu dem T-Shirt rüberlinsen.

8:10 Uhr

Da steht ja gar nicht Penis! Da steht: »My pen is bigger than yours«. Pen, wie Stift! Und darunter ist ein Stift abgebildet. Aber die Wörter sind mit Absicht so dicht zusammengedruckt, dass man es falsch lesen soll.

Was für ein Scheiß!

Aber irgendwie auch lustig …

8:11 Uhr

Zum Glück quatschen Simon und Paula immer noch über Müsli und haben nichts von meiner Schielaktion mitgekriegt. Auch wenn Simons Mundwinkel immer wieder verdächtig nach oben zucken. Aber das ist garantiert nur deshalb, weil er Paula jetzt die beste Müslizutat ever verkünden will.

»Gummibärchen!«

Gummibärchen? Ich vergesse, dass ich eigentlich nur heimlich rüberlinsen wollte, und gucke Simon erstaunt an. Er grinst zurück. Mist, das war eine Falle!

»Wie isst du denn dein Müsli, Lena?«, fragt Simon und sieht mich mit seinen grünen Augen so intensiv an, dass mir ganz heiß wird.

Was hat er noch mal gefragt? Ach ja, wie ich mein Müsli esse. Gar nicht mehr, seit ich es gestern auf meinem Shirt verteilt habe! Aber das sage ich natürlich nicht laut.

Stattdessen antworte ich: »Mit dem Löffel.«

Die beiden sehen mich verdutzt an. Dann verzieht sich Simons Mund zu einem breiten Grinsen, und Paula fängt an zu kichern.

»Nicht schlecht!«, sagt sie. »Sollte ich auch mal machen!«

»Ja, mit der Gabel dauert das immer so lange«, sagt Simon, und jetzt müssen wir alle lachen.

8:12 Uhr

»Bis später!« Simon nickt mir zu und greift nach seiner Müslischale.

»Bis später«, antworte ich automatisch.

Paula hebt kurz die Hand, und dann gehen die beiden zusammen zum Nerdtisch, wo auch schon Selina und Kai sitzen.

Ich muss aufhören, da so hinzustarren!

8:13 Uhr

Auf dem Weg zurück kommt mir Amira entgegen.

»Ich hol mir auch mal was zu essen.« Na super! Das heißt, ich bin gleich mit Fabienne und Nadja alleine.

8:14 Uhr

Kaum habe ich mein Tablett auf dem Tisch abgestellt, da schiebt Fabienne ihre Sonnenbrille hoch und starrt mein Essen an.

»Uargh! Wie kannst du so früh morgens nur so viel essen?«

Vor ihr stehen bloß ein Becher mit Kräutertee und eine Laugenbrezel.

»Wieso?«, frage ich. »So früh ist es doch gar nicht.«

Statt einer Antwort lässt Fabienne die Sonnenbrille zurück auf die Nase fallen und stützt seufzend den Kopf in die Hände.

»Geht's dir nicht gut?«, frage ich.

»Sie war erst um drei im Bett«, antwortet Nadja und gähnt.

»Echt? Und du auch?«

»Nee, bei mir war es eins.«

»Wart ihr noch so lange bei den Jungs?«

»Psst! Brüll's noch lauter durch die Gegend«, zischt Fabienne.

»Sorry!« Ich schiele hinüber zum Lehrertisch, aber der Petersen und die Klein scheinen zum Glück nichts gehört zu haben.

8:15 Uhr

Was Fabienne wohl die letzten zwei Stunden alleine bei den Jungs gemacht hat? Ob sie wieder mit Lennard geknutscht hat? Oder womöglich noch ganz andere Sachen …

Nee, die anderen Jungs waren doch auch dabei!

Obwohl, wenn sie wieder zu Lennard ins Bett gekrochen ist, haben die das ja vielleicht gar nicht mitgekriegt …

Aber so abgebrüht ist nicht mal Fabienne.

Oder?

8:16 Uhr

Plötzlich richtet Fabienne sich auf, schlägt die Beine übereinander und fängt an zu lächeln. Eine Sekunde später bleibt Lennard neben unserem Tisch stehen. War ja klar.

»Hi, Mädels!« Er zwinkert Fabienne zu, und ihr Lächeln wird noch breiter. Zu Nadja sagt er: »Hi, Brillenschlange!«

»Sehr witzig«, nuschelt Nadja mit vollem Müslimund.

»Finde ich auch.«

»Lennard, du bist ein Idiot«, sagt Fabienne.

»Ich dich auch!« Lennard macht voll alberne Knutschbewegungen in ihre Richtung, und Fabienne tut so, als müsste sie kotzen.

Hä? Sind die jetzt etwa doch nicht zusammen?

8:17 Uhr

Als Lennard wieder weg ist, frage ich: »Bist du jetzt eigentlich mit Lennard zusammen oder nicht?«

»Bist du blöd?«, fragt Fabienne zurück.

»Ich dachte ja nur, wegen gestern. Weil ihr da geknutscht habt …«

»Na und? In welchem Jahrtausend lebst du denn? Oder glaubst du etwa auch, du bist jetzt mit Justin zusammen?«

»Was? Nein!«

»Nur weil du einmal mit Justin geknutscht hast, bist du noch lange nicht cool«, sagt sie viel zu laut.

»Ist ja gut«, zische ich.

Aber natürlich ist überhaupt nichts gut!

Denn da vorne steht Simon. Und er hat garantiert gehört, was Fabienne gesagt hat, so wie er mich jetzt ansieht: enttäuscht und irgendwie traurig.

Dann dreht er sich um und geht weg.

Warum hängt jetzt auf einmal ein Felsen an meinem Herzen?

8:20 Uhr

Amira ist wieder da. Sie isst, wir anderen schweigen.

Meine Brezel schmeckt wie gesalzene Pappe.

8:22 Uhr

Abgang Fabienne. »Mir reicht's! Ich hau mich wieder hin!«

Wir sehen ihr nach, bis sie aus der Tür ist. Dann sagt Nadja: »Sorry für Fabienne. Ihr geht es heute nicht so gut.«

Amira nickt verständnisvoll. Ich nicht.

Nadja lächelt mich entschuldigend an. »Nimm's nicht persönlich, Lena. Sie ist bloß wegen Lennard so.«

»Weil sie in den verliebt ist, oder was?«, frage ich. »Das ist doch kein Grund …«

»Ja. Nein. Auch. Aber er knutscht halt öfter mal mit ihr, und am nächsten Tag tut er immer so, als wär nichts gewesen.«

»Das ist ja voll fies!«, sagt Amira.

Ich grumpfe bloß. Irgendwie fällt es mir schwer, mit Fabienne Mitleid zu haben.

»Aber warum lässt sie sich das von ihm gefallen?«, fragt Amira.

»Sie ist halt verliebt in ihn«, sagt Nadja.

»Schöne Liebe!«, schnaube ich.

Nadja zuckt mit den Schultern. »Man kann sich doch nicht aussuchen, in wen man sich verliebt.«

»Nee. Stimmt schon. Aber so behandeln lassen würde ich mich trotzdem nicht!«

»Auch nicht, wenn du so richtig verliebt wärst?«

»Na ja …«, murmele ich. Denn wenn ich an die Geschichte mit Justin denke … Amira hat ja recht, da hätte ich auch nein sagen können! Und ich hab's nicht gemacht.

Dabei weiß ich noch nicht mal genau, ob ich in den überhaupt richtig verliebt war …

»Alles nicht so einfach«, sagt Nadja.

Jetzt seufzen wir alle drei.

8:23 Uhr

»Alle mal herhören!« Der Petersen ist aufgestanden und klopft mit seinem Messer an ein Trinkglas, aber das Gemurmel und Geplapper wird kein bisschen leiser.

»Seid doch mal bitte still!«

Immer noch nichts.

»RUHE!« Der Petersen haut so heftig gegen das Glas, dass eine Scherbe rausfliegt.

8:24 Uhr

Jetzt ist es ruhig. Weil die ganze Klasse dem Petersen dabei zusieht, wie er auf allen vieren herumkrabbelt und die Glasscherbe sucht. Als er sie endlich gefunden hat, rappelt er sich mit knallrotem Kopf hoch.

»Das Glas müssen Sie aber bezahlen!«, ruft Jonathan.

»Das lass mal meine Sorge sein.«

»Wollen Sie das etwa nicht bezahlen?«, fragt Paula.

»Doch, natürlich! Aber vor allem will ich, dass ihr mir jetzt zuhört!«

»Sonst ist das nämlich Diebstahl!«, ruft Lennard.

Und Justin schreit: »Nein, Vandalismus!«

»Es reicht! Noch ein Wort, und ihr fahrt nach Hause!«

Frau Klein steht auf und legt dem Petersen beruhigend die Hand auf den Arm.

»Was Herr Petersen sagen wollte: Heute Nachmittag gehen wir alle zusammen ins Schwimmbad.«

Lauter Jubel.

»Ruhe! Das ist noch nicht alles! Heute Vormittag holen wir nämlich die Stadtführung nach, die vorgestern wegen des Wetters ausfallen musste.«

Lautes Stöhnen.

»Danke, Kathrin!«, sagt der Petersen. Und dann labert er irgendwas über interessante Bauwerke, wichtige Persönlichkeiten und große Kultur.

Kurz zusammengefasst: Schnarch.

8:35 Uhr

Zurück im Zimmer.

»Ich hab echt gar keine Lust auf die Stadtführung«, sage ich zu Amira.

»M-hm.« Sie packt gerade ihren Rucksack.

»Aber Schwimmbad ist cool, oder?«

»M-hm.«

Ich warte wohl besser, bis sie fertig ist mit Packen.

8:39 Uhr

Sie macht den Rucksack zu.

»Ob es da auch eine Wasserrutsche gibt?«, frage ich sie.

»Hm?«

»In der Schwimmhalle, meine ich.«

Sie zuckt bloß mit den Schultern. Ohne mich anzusehen.

Ich fasse es nicht! Ist sie etwa immer noch beleidigt wegen gestern? Dabei hätte ich doch viel mehr Grund dazu!

»Amira«, sage ich. »Was ist los? Ist es immer noch wegen gestern Abend?«

Sie dreht sich zu mir um und verschränkt die Arme. »Willst du mich überhaupt nicht fragen, wie es mit Till war?«

Oh nein! Amira hat Till geküsst, und ich habe es total vergessen!

»Sorry«, sage ich. »Sorry, sorry, sorry! Wie war es mit Till? Wie war der Kuss?«

»Willst du das echt wissen? Obwohl du sauer auf Justin bist?«

»Natürlich! Was glaubst du denn?«

Sie sieht mich eine halbe Ewigkeit lang prüfend an.

»Bitte, sei nicht böse auf mich!«, sage ich. »Ich hab's nur vergessen, weil die Sache mit Justin passiert ist. Aber ich will es echt wissen, ehrlich!«

»Okay«, sagt Amira, und dann fängt sie endlich wieder an zu lächeln. »Es war toll! Einfach nur himmlisch! Ich bin sooo glücklich, Lena!«

»Oh, Amira, das freut mich so für dich!«

Wir fallen uns in die Arme. Amira ist nicht mehr sauer auf mich!!!

Aber eine Sache muss ich trotzdem noch klären.

»Und was ist mit dir?«, frage ich, nachdem wir uns wieder losgelassen haben. »Hast du gestern Abend echt nicht gemerkt, wie scheiße der Kuss von Justin für mich war?«

»Nein. Also … Ich war halt beschäftigt. Tut mir echt leid!«

»Mir tut's auch leid. Und ich will mich auch überhaupt nicht mit dir streiten!«, sage ich.

»Ich mich doch auch nicht! Du bist doch meine beste Freundin!«

»Und du bist meine!«

Ihr Lächeln wird noch ein bisschen breiter und meins auch. Jetzt ist zwischen uns wirklich alles wieder gut!

8:58 Uhr

Die Klasse trifft sich in der Lobby. Für die nachgeholte Stadtführung. (Gähn!)

In den orangen Sitzsäcken sitzen dieses Mal Paula, Selina, Emma, Murat. Die anderen Jungs sind zum Glück noch nicht da.

Und Simon auch nicht.

8:59 Uhr

Amira und ich gehen zu Nadja hinüber, die sich die Postkarten auf dem kleinen Drehständer ansieht.

»Willst du eine schreiben?«, fragt Amira.

»Mal sehen. Vielleicht.«

»An deine Eltern?«, frage ich.

»An wen denn sonst?«

»Keine Ahnung.« Hätte ja sein können, dass sie einen Freund hat oder so … Oh Mann, ich weiß echt überhaupt nichts über Nadja, fällt mir gerade auf!

»Schreibt ihr keine an eure Eltern?«, fragt Nadja.

»Doch, klar«, sagt Amira.

Ich zucke mit den Schultern. Obwohl, eigentlich könnte ich das schon machen. Eine für Mama und Papa und Moritz … und eine für Mümmelchen!

Nee, Quatsch, der würde die nur anknabbern, und das ist ganz ungesund für ihn.

»Wo ist denn eigentlich Fabienne?«, fragt Amira.

»Pizza-Allergie«, sagt Nadja.

»Was?«

Nadja grinst. »Das hat sie jedenfalls dem Petersen erzählt. Dass sie eine Pizza-Allergie hat und es ihr deswegen nicht gut geht.«

»Und das hat der geglaubt?«, frage ich.

»Na ja, nicht so richtig. Aber hast du beim Frühstück nicht gesehen, wie sie aussieht? Sie ist so müde, dass sie kaum noch geradeaus gehen kann. Deshalb darf sie jetzt trotzdem hierbleiben.«

Ein Glück! Den ganzen Vormittag mit einer schlecht gelaunten Fabienne, das hätte ich echt nicht durchgehalten!

9:17 Uhr

Wir sitzen in der S-Bahn. Auf dem Weg zur Haltestelle ist Simon superweit weg von mir gegangen, und jetzt ist er nirgendwo zu sehen. Wahrscheinlich ist er im anderen Waggon gelandet oder so. Also nicht dass mich das interessieren würde! Ich kann nur irgendwie nicht vergessen, wie enttäuscht er mich vorhin angesehen hat …

Amira, auf dem Platz mir gegenüber, guckt die ganze Zeit zu Till rüber. Und Till strahlt zurück in Richtung Amira. So süß!

»Du kannst dich auch zu Till setzen, wenn du willst«, sage ich.

»Nee, ist schon okay.«

»Seid ihr jetzt eigentlich so richtig zusammen?«, fragt Nadja.

»Keine Ahnung.«

»Keine Ahnung?«

»Na ja, wir haben noch nicht darüber gesprochen.«

»Till ist jedenfalls echt nett«, sagt Nadja.

Amira strahlt. Schnell sage ich: »Finde ich auch!«

Jetzt strahlt sie noch mehr.

9:19 Uhr

Nadja sieht mich an. »Und du? Du bist in Justin verliebt, oder?«

WAAAS???

»Nein!«, rufe ich. »Gar nicht!«

»Aber du hast ihn doch gestern geküsst!«

»Nein, er hat mich geküsst«, sage ich düster. »Und das war echt scheiße!«

»Okay … Aber du warst mal in ihn verknallt. Oder?«

»Na ja, schon, ein bisschen. Aber jetzt wirklich überhaupt nicht mehr!«

»Okay«, sagt Nadja. »War ja nur `ne Frage.«

»Woher weißt du das überhaupt?«

»Na ja …« Nadja sieht Amira an. Hat die ihr das erzählt? Das darf ja wohl nicht wahr sein!

Amira senkt den Kopf. »Sorry, Lena. Ich dachte, bei Nadja ist es okay …«

»Weiß Fabienne das etwa auch?«

Sie nickt.

»Na super! Warum schreibst du es nicht gleich in die Klassengruppe?«

»Ich hab's wirklich nur den beiden erzählt! Sonst niemandem! Ich schwöre!«

»Mann, Amira, du solltest es gar keinem sagen!«

»Tut mir echt leid …«

»Ich erzähl's bestimmt nicht weiter«, sagt Nadja. »Und Fabienne auch nicht. Und außerdem stimmt es doch gar nicht mehr, sagst du. Oder?«

»Nein!«, sage ich mit fester Stimme. »Das stimmt so was von gar nicht mehr!«

»Na siehste. Dann ist es doch eigentlich auch egal, oder?«

»Hmpf«, mache ich.

»Ich meine, was soll ich denen schon sagen? Lena war mal ein bisschen in Justin verliebt, aber das ist definitiv vorbei?«

Sie grinst mich an.

»Na ja, so gesehen …«

Gegen meinen Willen muss ich auch grinsen.

9:22 Uhr

»Bist du eigentlich auch in jemanden verliebt?«, fragt Amira Nadja.

»Nein.«

»Echt nicht?«

»Nein! Ist doch keine Pflicht, in jemanden verliebt zu sein! Ich warte lieber, bis die richtige Person kommt.«

»Du meinst, der richtige Junge?«, frage ich.

»Ähm … Ja, genau. Das meinte ich.«

»Also ich würde das nicht aushalten«, sagt Amira. »Verliebtsein ist doch so was Schönes!«

»Oh Mann, du bist ja echt besessen von dem Thema«, stöhnt Nadja.

»Das liegt an Till«, sage ich. Und dann im Oma-Tonfall: »Junge Liebe ist so was Schönes!«

Woraufhin Amira mir gespielt an die Gurgel geht und wir alle einen Lachanfall kriegen.

10:19 Uhr

Die Stadtführung ist genauso öde wie erwartet. Wir latschen kilometerweit und sehen jede Menge alter Häuser, in denen vor ewiger Zeit mal irgendwelche Leute gewohnt haben, die eh keiner kennt. Nur die Stadtführerin guckt jedes Mal ganz ehrfürchtig.

Und ich habe nicht mal Streichhölzer dabei! (Nicht zum Häuseranzünden, natürlich, sondern zum Zwischen-die-Augenlider-Klemmen.)

12:05 Uhr

Beim Mittagessen ist Fabienne wieder dabei, mit vollem Make-up-Gesicht, wie immer. Wahrscheinlich hat sie den ganzen Vormittag geschlafen. Die hat's gut!

Andererseits: Für uns gibt es Pommes mit Hähnchennuggets und Gemüse (lecker!), für sie nur eine dünne Suppe, »wegen deiner Pizza-Allergie«, wie Herr Petersen meinte. Ich sage nur: Die Rache des Klassenlehrers.

12:06 Uhr

Fabienne rührt wenig begeistert in der dampfenden Flüssigkeit.

»Sorry für vorhin«, murmelt sie dann in meine Richtung.

Wie bitte? Hat Fabienne gerade echt »sorry« gesagt? Zu MIR?

Nadja gegenüber grinst mich an. Ob sie mit Fabienne geredet hat?

Plötzlich muss ich auch grinsen.

»Schon okay«, sage ich.

Dass Fabienne sich mal bei mir entschuldigt, das hätte ich ja niemals gedacht!

12:07 Uhr

Gefräßige Stille. Dann sagt Nadja: »Übrigens, in der Schwimmhalle heute Nachmittag gibt es eine total geile Wasserrutsche. Mit Wasserfall und Discoeffekten und so was!«

»Cool!«, rufe ich. »Da können wir ja alle zusammen drauf!«

»Ich weiß nicht …«, sagt Amira.

Hä? Normalerweise liebt sie doch Wasserrutschen! Ich dachte, sie ist nicht mehr sauer auf mich? Und warum streicht sie sich jetzt so komisch über den Bauch?

»Geht's dir nicht gut?«, fragt Nadja.

Amira sieht sich um, dann flüstert sie: »Ich habe gerade meine Tage gekriegt.«

»Oh«, sage ich. Ich habe zwar keine Probleme damit, aber ich weiß, dass Amira dann immer ziemliche Bauchkrämpfe bekommt.

»Bauchweh?«, fragt Fabienne.

Amira nickt.

»Kenn ich.«

»Willst du dich ein bisschen hinlegen?«, frage ich.

»Ja, mach ich gleich. Aber was sage ich bloß Till, warum ich nicht mit zum Schwimmen komme?«

»Vielleicht geht es dir nachher ja wieder besser«, sage ich.

Ohne Amira ist es im Schwimmbad doch nur halb so schön!

14:24 Uhr

Es geht ihr nicht besser.

»Soll ich auch hierbleiben?«, frage ich und hoffe, dass sie nein sagt. Total egoistisch von mir, ich weiß, aber ich hab mich so auf die Discorutsche gefreut!

»Nein, ist schon okay. Geh du nur und hab Spaß.«

Amira ist echt die Beste!

14:27 Uhr

Da vorne ist der Flur, in dem die Jungs schlafen. Hoffentlich treffe ich jetzt keinen von denen! Ich schleiche vorsichtig vorbei … Da läuft ein Typ fast in mich hinein. Es ist Till.

»Wo ist denn Amira?«, fragt er. »Sie kommt doch mit schwimmen?«

Oh nein, er weiß es noch nicht! Und jetzt? Ich kann ihm doch nicht die Wahrheit sagen!

»Na ja, ihr geht's nicht so gut …«

Till sieht mich besorgt an. »Was hat sie denn?«

»Bauchschmerzen. Also Bauchkrämpfe, meine ich.«

»Die Arme! Vom Essen?«

»Nein … Ich glaube nicht …« Oh Mann! So wie ich hier rumstammele, könnte man glatt meinen, Amira verheimlicht Till irgendwas!

14:28 Uhr

Fabienne und Nadja kommen um die Ecke.

»Na, seid ihr bereit für die Discorutsche?«, fragt Nadja.

»Ich weiß nicht«, sagt Till. »Amira geht es nicht gut.«

»Ja, die hat ihre Tage gekriegt«, sagt Fabienne. Ich fasse es nicht, dass sie einfach so damit rausplatzt!

»Oh«, sagt Till. Und dann zu mir: »Warum hast du das nicht gleich gesagt?«

»Ähm …«

»Meine Schwester hat auch immer Bauchkrämpfe, wenn sie ihre Periode hat. Vielleicht sollte ich Amira einen Tee aus der Küche bringen?«

»Ja«, sage ich. »Gute Idee!«

Till flitzt davon in Richtung Küche. Er ist wirklich total nett! Ich mag mir gar nicht vorstellen, wie Justin oder Lennard in der gleichen Situation reagiert hätten.

»Echt süß von ihm«, sagt Nadja.

»Ja, finde ich auch!«

15:12 Uhr

In der Umkleide. Gleich geht es los! Wenn Fabienne endlich fertig ist, heißt das.

Wir sind die letzten, weil sie vor dem Spiegel noch ihr Make-up ausbessern muss. Das ist nicht ganz so fett wie gestern Abend, aber immer noch echt viel dafür, dass wir gleich schwimmen gehen.

»Geht das im Wasser nicht ab?«, frage ich.

»Das ist wasserfest.«

»Ach so.« Ich kann mir zwar kaum vorstellen, dass das die Discorutsche überlebt, aber wenn sie unbedingt das Wasser färben will … Hihi, ich sehe es schon vor mir, wie Fabienne mit ihrem Gesicht bunte Streifen in der Rutsche macht!

15:18 Uhr

Endlich ist sie fertig.

»Wo geht's denn zu den Duschen?«, frage ich.

»Wir gehen nicht duschen«, sagt Fabienne.

»Nicht?«

Sie grinst. »Wir gehen Jungs beobachten.«

»Wie jetzt? Wie meinst du das?«

»Zur Jungsumkleide!«

Es dauert einen Moment, bis ich kapiere, was sie gesagt hat.

»Aber … vielleicht sind die gerade nackt oder so was!«

»Das hoffe ich doch.« Sie zwinkert mir zu.

Ich sehe hilfesuchend zu Nadja.

»Jetzt guck nicht so geschockt«, sagt Fabienne. »Da drin sind nur noch Justin und Lennard, und die haben es ja wohl verdient! Oder hast du Schiss?«

»Nein! Es ist nur …«

»Noch nie einen nackten Pimmel gesehen?«

»Ähm … doch, klar«, stottere ich. Ich meine, ich habe schließlich einen kleinen Bruder! Aber das ist es wohl kaum, was Fabienne meint.

»Du willst echt da rein?«, frage ich noch einmal.

»Quatsch. Nicht rein. Nur ein bisschen gucken. Aber du musst ja nicht mit, wenn du nicht willst!«

Damit latscht sie los. Und Nadja trottet brav hinterher.

Ich fasse es nicht, dass sie mich hier einfach so stehen lassen!

Ich kann doch nicht alleine in die Schwimmhalle gehen!

Oder soll ich etwa den ganzen Nachmittag einsam im Kreis schwimmen?

»Wartet!«, rufe ich. »Ich komme mit!«

Fabienne dreht sich zu mir um und grinst.

»Gute Entscheidung!«

15:21 Uhr

So unauffällig wie möglich schlendern wir an der Umkleidetür der Jungs vorbei.

»Und jetzt?«, flüstere ich. Ich hoffe ehrlich gesagt immer noch, dass Fabienne das nicht ernst gemeint hat.

Doch sie antwortet nicht. Stattdessen schleicht sie in einen Gang, der neben der Umkleide entlangführt, und dann winkt sie uns plötzlich ganz hektisch zu sich.

15:23 Uhr

In dem Gang steht ein Wagen voller Handtücher. Fabienne ist gerade dabei, hinaufzuklettern.

»Was machst du denn da?«, zische ich.

»Jetzt kommt schon«, zischt Fabienne zurück. »Von da können wir alles sehen!«

Sie zeigt auf die Fenster, die ganz oben in der Umkleidewand eingelassen sind. So hoch oben, dass garantiert niemand reinsehen kann.

Außer, man steigt auf einen Handtuchwagen.

15:24 Uhr

Fabienne ist schon oben und quietscht auf einmal ganz komisch. Ob Justin und Lennard echt nackt sind? Ich klettere ebenfalls auf die wackeligen Handtuchstapel, richte mich langsam auf und …

Ich fasse es nicht! Justin und Lennard ziehen sich gerade die Unterhosen runter und dann … dann sieht man tatsächlich ihre Pimmel!!!

Ein ungläubiges Kichern kommt aus meinem Mund.

Und Fabienne und Nadja neben mir kichern genauso.

15:27 Uhr

Fabienne zieht ihr Handy aus dem Handtuch. Wieso hat sie das hier und nicht im Spind eingeschlossen?

»Willst du etwa Fotos machen?«, frage ich.

»Klar. Als Erinnerung.«

»Spinnst du? Das kannst du nicht bringen!«

»Klar kann ich. Chill mal ein bisschen.«

Ich fasse es nicht! Hat sie total vergessen, was der Polizist uns bei der Infoveranstaltung vor ein paar Monaten gesagt hat?

»Mann, Fabienne, dafür kannst du in den Knast kommen! Das ist Kinderpornografie!«

Fabienne grinst. »Also nach Kindern sieht das aber nicht aus!«

»Und Knast ist doch Quatsch«, sagt Nadja. »Sie stellt es ja nicht ins Internet.«

»Trotzdem! Es reicht, dass es auf deinem Handy ist! Das hat doch der Polizist bei der Infoveranstaltung …«

Plötzlich ist Fabiennes Gesicht ganz dicht vor meinem. »Und wer soll mich anzeigen? Du etwa?«

»Darum geht es doch gar nicht!«

Fabienne verschränkt die Arme. »Worum denn dann? Um die armen Jungs? Die sind doch auch nicht besser!«

»Die machen Nacktfotos?«, frage ich. »Im Ernst?«

»Das vielleicht nicht. Aber was glaubst du, was die immer für Sprüche bringen über uns Mädchen? Auch über dich!«

»Über mich?«

Plötzlich fühle ich mich so klein wie eine Maus. Die Jungs bringen Sprüche über mich – etwa über meinen Körper? Oder über meine … Brüste? Nein, ich will gar nicht drüber nachdenken!

Wie würde ich mich dann erst fühlen, wenn die ein Nacktfoto von mir hätten?

Das sie immer ansehen können und zeigen, wem sie wollen …

Ich bin ja schon verdammt froh, dass Lennard den Kuss mit Justin letzte Nacht nicht fotografiert hat!

»Du willst doch auch nicht, dass dich alle nackt sehen«, sage ich mutiger, als ich mich fühle. »Oder?«

Fabienne schnaubt bloß.

»Sie hat recht, Fabienne«, sagt Nadja plötzlich. »Mach das lieber nicht.«

»Jetzt fang du nicht auch noch so an! Das sind Jungs, denen macht das nichts!«

»Willst du damit sagen, Jungs haben keine Gefühle?«, frage ich.

»Ich will sagen, die sind stolz auf ihre Pimmel!«

»Das ist trotzdem strafbar«, sage ich. »Und unfair!«

In dem Moment ruft Nadja: »Scheiße, scheiße, scheiße!«

Wir gucken in die Umkleide.

Und Lennard und Justin gucken zurück.

15:29 Uhr

Wir springen vom Handtuchwagen, der dabei anfängt zu rollen.

Ich falle mehr runter, als dass ich springe.

Neben mir kreischt Fabienne: »Aua!«

»Weg hier!«, ruft Nadja, und ich renne los in Richtung Damenduschen.

15:31 Uhr

Fabienne ist die Letzte in der Dusche. Sie knallt die Tür direkt vor Lennards Nase zu.

»Das war knapp«, keucht Nadja.

»Allerdings«, stöhne ich.

Fabienne reibt sich den Knöchel. »Ich hab mir den Fuß verknackst! Das ist alles deine Schuld, Lena!«

»Was? Wieso? Es war doch deine Idee!«

»Na und? Ohne dich hätten die gar nicht gemerkt, dass wir da sind!«

Damit dreht sie sich um und humpelt raus in die Schwimmhalle.

»Denkst du das auch?«, frage ich Nadja.

»Na ja … Nee …« Sie verzieht entschuldigend das Gesicht und eilt dann hinter Fabienne her.

Und ich stehe alleine in der Dusche und starre auf die geschlossene Tür.

Na super! Erst baut Fabienne Mist, und jetzt bin ich schuld, oder was?

Ich kann immer noch nicht glauben, dass sie echt Nacktfotos

von den Jungs machen wollte! Sie soll sich mal vorstellen, das macht jemand mit ihr!

Aber wer steht jetzt alleine da? Ich. Weil Nadja natürlich zu Fabienne hält.

Vielen Dank für gar nichts!

15:36 Uhr

Ich muss langsam mal aufhören zu duschen und in die Schwimmhalle gehen.

Alleine …

Andererseits: Gründlich duschen ist ja sehr wichtig!

15:39 Uhr

Ich habe so lange geduscht, ich bin das sauberste Mädchen auf dem ganzen Planeten.

Und jetzt? Soll ich echt alleine da rein?

Ich könnte mich ja auch wieder anziehen und zurück in die Jugendherberge gehen.

Aber ich hab mich so auf die Discorutsche gefreut! Und nur wegen Fabienne und Nadja soll ich da nicht runterrutschen?

So weit kommt's noch!

15:40 Uhr

Überhaupt: Die spinnen ja wohl, mich einfach so stehen zu lassen! Nur weil ich bei Fabiennes Scheiße nicht mitmachen will!

Plötzlich brodelt in meinem Bauch eine heiße Wut.

Ich reiße die Tür der Dusche auf und marschiere mit hoch erhobenem Kopf hinaus.

15:42 Uhr

Dahinten sitzen Fabienne und Nadja am Beckenrand. Als sie mich sehen, gucken sie schnell in die andere Richtung.

Aber das ist mir ja so was von egal!

ICH gehe jetzt weiter zur Rutsche!!!

15:45 Uhr

Oben auf der Rutschtreppe ist eine kurze Schlange. Ein Stück vor mir stehen Jonathan und Murat aus meiner Klasse, aber die sind am Quatschen und bemerken mich gar nicht. Und ganz vorne springen gerade vier Mädels auf einmal in die Rutsche. Das macht bestimmt total Spaß!

Ist schon ein bisschen komisch, ganz alleine hier zu stehen.

15:48 Uhr

»Discorutsche, wir kooommen!!!«, hallt eine Stimme von unten. Kurz darauf taucht Paulas grinsendes Gesicht auf, gefolgt von Selina, die in einem komischen Rhythmus die Treppen hochspringt. Mann, sind die mal wieder peinlich!

Aber wenigstens müssen sie nicht alleine rutschen. Alle haben jemanden zum Rutschen, bloß ich nicht. Wie traurig ist das denn?

Ich sehe noch mal kurz zu ihnen hin, doch bevor ich wieder wegsehen kann, quatscht Paula mich schon an: »Hi, Lena! Rutschst du mit uns?«

»Klar«, sagt mein Mund, noch bevor das Gehirn darüber nachdenken kann, ob das schlau ist. Paula sieht mich erstaunt an. Dann grinst sie. »Cool!«

»Ja, cool«, antworte ich und kann nicht verhindern, dass es ein bisschen ironisch klingt. Weil »cool« ja nun wirklich nicht das richtige Wort für Paula und Selina ist.

Aber wen interessiert's?

Sie wollen mit mir rutschen!

15:50 Uhr

Die Rutsche ist der Hammer! Am Anfang geht es total schnell und steil runter, dann kommen ein paar Kurven im Dunkeln, wo man hin und her geschleudert wird (Kreisch!!!), dann die Discolichter, am Schluss noch ein Wasserfall und dann … PLATSCH!

15:51 Uhr

Ich streiche mir die nassen Haare aus dem Gesicht und sage gleichzeitig mit Paula und Selina: »Noch mal!«

15:52 Uhr

Da vorne ist Simon! Er schwimmt in einem der Becken, an denen wir auf dem Weg zur Treppe vorbeimüssen. Seine Haare sind ganz zerstrubbelt vom Wasser.

Plötzlich sieht er zu mir herüber. Und dann lächelt er mich an! Ein Glück, er ist nicht mehr enttäuscht von mir oder traurig oder was auch immer! Ich lächele zurück und bin auf einmal total verlegen in meinem knappen Bikini. Und in meinem Bauch fängt es leise an zu kribbeln. Wo kommt das denn auf einmal her? Das kann doch gar nicht sein!

16:15 Uhr

Wir rutschen noch dreimal, aber Simon sieht kein einziges Mal mehr zu mir rüber.

Und beim vierten Mal ist er plötzlich verschwunden.

Dafür tippt mir unten an der Treppe jemand von hinten auf die Schulter. Ich schnelle herum. Aber es ist nicht Simon, sondern

Nadja. Erst erkenne ich sie kaum, weil ihre Haare triefend nass sind – und weil sie überhaupt kein Make-up im Gesicht hat.

»Hi, Lena«, sagt sie verlegen.

Eigentlich bin ich ja sauer auf sie, weil sie mich eben hängen lassen hat, aber meine Neugier ist größer. »Was ist denn mit dir passiert?«

»Die Jungs haben uns ins Wasser geschubst. Justin und Lennard.«

»Und wo ist Fabienne?«

»Nachschminken.«

»Und du nicht?«

»Ich hab echt keine Lust mehr, immer nur am Beckenrand zu sitzen. Kann ich vielleicht mitrutschen?«

Ich zögere einen Moment. Aber erstens kann ich ihr ja nicht das Rutschen verbieten, und zweitens war ich auch total froh, als Paula mich gefragt hat.

»Klar«, sage ich also.

»Super! Danke! Das war echt hart, die ganze Zeit nur zuzugucken.«

Statt einer Antwort beiße ich mir auf die Lippe. Es hat sie ja niemand gezwungen, nur zuzusehen!

»Du rutschst mit?«, fragt Paula in dem Moment, und Nadja nickt.

»Lena hat gesagt, das ist okay.«

Ich halte einen Moment lang die Luft an. Ob das für Paula und Selina wirklich okay ist?

Aber Paula strahlt Nadja an, als würde sie sich echt darüber freuen.

»Klar! Cool!«, sagt sie, und dann rutschen wir zu viert die Discorutsche hinunter.

17:02 Uhr

Nachdem wir noch ein paarmal gerutscht sind, gehen wir als Nächstes ins Außenbecken und danach in den Whirlpool und in die Gegenstromanlage. So viel Spaß hatte ich schon lange nicht mehr!

Wer hätte gedacht, dass ich den mal mit Paula und Selina haben würde? Und mit Nadja? Was für eine Mischung!

17:11 Uhr

Wir sind wieder auf der Rutschentreppe, als plötzlich eine Stimme hinter mir sagt: »Na?«

Ich drehe mich um und sehe direkt in Simons grüne Augen. Plötzlich kribbelt es in meinem Bauch so stark wie noch nie.

»Kann ich mitrutschen?«, fragt er.

»Ähm … Ich weiß nicht … Wir sind schon vier«, stammele ich mit heißen Wangen, dabei will ich eigentlich nur schreien: »Ja!«

»Wir drei rutschen zusammen, dann kannst du mit Simon«, sagt Selina von der Seite.

»Ähm … Okay«, sage ich, und Simon murmelt: »Super.«

Hoffentlich fängt das Rutschenwasser nicht an zu kochen, wenn ich mich da gleich reinsetze! So wie mein Körper gerade glüht …

17:13 Uhr

Es fängt komischerweise nicht an zu kochen. Ich sitze oben in der Rutschenöffnung, mit dem Po im kalten Wasser, und Simon steht hinter mir, ein ganzes Stück hinter mir, aber ich kann seine Nähe trotzdem spüren.

Vorsichtig linse ich über die Schulter nach hinten. Simon lächelt mich an, und ich strahle zurück.

Im nächsten Moment schaltet die Ampel um.

»Grün!«, rufen wir gleichzeitig.

Ich stoße mich ab, und dann rutschen wir auch schon zusammen hinunter.

17:14 Uhr

Es geht steil bergab, Simon ist direkt hinter mir, sein Fuß berührt kurz meinen Rücken, um uns herum flackern die Discolichter, ich lache und kreische, Simon hinter mir auch, wir sausen durch den Wasserfall, und dann kommt viel zu schnell das PLATSCH.

17:15 Uhr

Nach dem Auftauchen weiß ich gar nicht, wo ich hinsehen soll, also gucke ich hauptsächlich auf das Wasser und nur ganz kurz zu Simon. Und als er mich ansieht, schaue ich schnell wieder weg.

Wir klettern aus dem Rutschenbecken, ich zuerst und Simon hinter mir. Ob er mir gerade auf den Hintern guckt?

17:16 Uhr

»Wollen wir noch mal?«, fragt Simon, und ich sage so cool ich kann: »Klar!«

Doch wir kommen nicht weit, denn plötzlich steht der Petersen vor uns.

Boah, dessen haariger Bauch ist echt nicht der Anblick, den ich jetzt brauche!

»Ab in die Umkleiden!«, sagt er im Befehlston.

»Aber …«, sagt Simon. »Wir wollten gerade rutschen.«

»Nur noch einmal?«, frage ich. »Bitte?«

Der Petersen schüttelt den Kopf. »Ich habe wirklich keine Lust, mit jedem einzeln zu diskutieren. Ihr wart lange genug im Wasser. Abmarsch!«

Er zeigt hinüber zu den Duschen.

Ich seufze. Simon auch.

17:17 Uhr

Vor der Herrendusche lächelt Simon mich an.

»Bis später«, sagt er.

»Ja, bis später«, antworte ich mit rauer Stimme. Bis später! Er hat »Bis später« gesagt!

17:18 Uhr

Paula, Selina und Nadja sind schon unter der Dusche, als ich hereinkomme. Ich stelle mich auf den letzten freien Platz und lasse das heiße Wasser auf mich herunterprasseln.

Bin ich froh, dass man beim Duschen nicht reden muss! In meinem Kopf dreht sich alles im Kreis: Simons grüne Augen, sein Lächeln, das Kribbeln in meinem Bauch … und die Frage: Was passiert hier eigentlich gerade?

17:22 Uhr

Im Gang zu den Umkleiden steht Fabienne und hat die Hände in die Hüften gestemmt. Sie starrt Nadja an, die neben mir geht.

»Na, Spaß gehabt auf der Babyrutsche?«, fragt sie in ihrem besten Zickentonfall, und plötzlich brodelt in meinem Bauch wieder die Megawut. Dieses Mal macht sie nicht wieder alles kaputt!

»Ja, wir hatten sehr viel Spaß!«, zicke ich zurück.

Fabienne schnaubt verächtlich. »Wer redet denn mit dir?«

»Wir hatten alle Spaß, aber das kannst du natürlich nicht verstehen! Das ist echt so was von arm!«

Damit drehe ich mich um und lasse sie stehen.

17:23 Uhr

Da vorne ist die Familienumkleide.

»Das war echt geil!« Paula hält mir die Hand zum Abklatschen hin.

Ich schlage ein, erst bei ihr und dann bei Selina.

Oh Mann, ich habe gerade Fabienne zusammengeschissen! Das fühlt sich echt gut an. Von der lasse ich mir nichts mehr gefallen!

»Wo ist denn Nadja?«, frage ich.

»Die musste zurück zu Ihrer Hoheit«, sagt Paula.

Aber keine von uns lacht darüber, nicht mal Paula selbst.

Schade! Ich hatte so gehofft, dass Nadja jetzt auf unserer Seite ist!

17:24 Uhr

Ich ziehe mich im Turbotempo an, dabei bin ich sonst immer die Letzte in der Umkleide. Aber ich will ja Simon nicht verpassen!

Nur noch ein kurzer Blick in den Spiegel … Oh nein! Ich sehe aus wie ein Zottelmonster! Und meine drei Pickel auf der Stirn leuchten so rot, die sieht man garantiert auch noch im Dunkeln.

Hab ich so etwa gerade eben mit Simon geredet?

Mit megagroßen Leuchtepickeln???

17:26 Uhr

Andererseits hat Simon doch gesagt »Bis später«. Und das heißt ja wohl, er will mich wiedersehen!

Meine Augen strahlen mir aus dem Spiegel entgegen. Verrückt, mit Strahleaugen fallen die Pickel gleich viel weniger auf.

Vielleicht hat Simon sie ja gar nicht so richtig bemerkt? Schließlich habe ich ihn eben auch die ganze Zeit angestrahlt!

17:27 Uhr

Trotzdem sollte ich wohl besser … Ich krame in meinem Rucksack nach dem Pickelabdeckstift. Und nach der Bürste.

Paula grinst mich im Spiegel an. »Du findest ihn süß, oder?«

»Wen?«, frage ich mit heißen Wangen und tue so, als wäre ich voll auf das Bürsten konzentriert.

»Na, Simon natürlich.«

Ich will sofort nein sagen, aber dann würde ich ja lügen. Ups! Ich glaube, ich finde Simon echt süß!

Paula und Selina beobachten mich im Spiegel. Ich wackele mit dem Kopf, sodass es ein Ja oder Nein sein könnte. Sollen sie doch denken, was sie wollen!

»Gute Wahl«, sagt Selina.

Und Paula ruft: »Tausendmal besser als die Affen!«

Ich lasse die Bürste sinken. »Welche Affen?«

»Na, die Sahneschnittchen, auf die du vorher gestanden hast. Mit denen Fa-bienne immer abhängt.«

Ich muss kichern. Endlich mal jemand, der Fabienne nicht anhimmelt! Wenn die das wüsste! Sie glaubt doch bestimmt, jemand wie Paula müsste sie für eine Göttin halten.

Ich habe das ja auch immer gedacht …

Was weiß ich noch alles nicht über Paula und Selina?

17:29 Uhr

»Und ihr? Welche Jungs findet ihr süß?«, frage ich.

»Jungs?«, fragt Paula zurück, und Selina kichert.

»Äh … oder Mädchen?«

Paula grinst.

Krass! Ist sie etwa lesbisch? Und Selina auch? Ob die beiden deshalb immer zusammen abhängen?

»Jetzt sag schon, in wen bist du verliebt?«, frage ich Paula.

Sie schweigt. Und wird tatsächlich ein bisschen rot. Paula wird rot! Ich hätte nie gedacht, dass ich das mal sehe!

17:30 Uhr

O Gott! Hoffentlich heißt das nicht, sie ist in mich verliebt!!!

»Guck nicht so!«, sagt Paula. »Du bist es jedenfalls nicht.«

Sieht man mir so genau an, was ich gedacht habe?

»Ich dachte ja auch nicht …«, murmele ich.

Paula seufzt. »Genau deswegen rede ich da normalerweise nicht drüber. Die anderen Mädchen werden immer so komisch. Du erzählst es doch nicht weiter, oder?«

»Nein. Ganz bestimmt nicht«, sage ich.

Ob sie wirklich in Selina verliebt ist?

»Was ist denn mit dir, Selina?«, frage ich.

»Ich habe einen Freund.«

Waaas? »Ähm … Jemand aus unserer Klasse?«

»Nee, er geht auf eine andere Schule.«

»Oh … okay. Und wie heißt er?«

»Moritz.«

»Genau wie mein kleiner Bruder!«, rufe ich.

»Echt? Ist ja witzig.«

Wir lächeln uns an.

17:31 Uhr

Ausgerechnet die kleine, stille Selina hat als Einzige von uns Mädels einen Freund! Und Paula ist lesbisch … Oh Mann, ich wusste ja echt nichts über die beiden!

Dabei gehen wir schon ewig zusammen in eine Klasse.

Was es wohl noch alles gibt, was ich über die anderen nicht weiß?

Zum Beispiel über Simon … Der bestimmt schon draußen auf mich wartet …

Ich muss mich echt beeilen, fertig zu werden!

17:33 Uhr

Paula, Selina und ich drängen aus der Umkleidekabine. Gleichzeitig geht nebenan eine Tür auf, und Nadja kommt heraus. Und hinter ihr kommt: niemand.

Niemand! Nadja war alleine in der Umkleide! Ohne Fabienne!

Jetzt lächelt sie uns an und geht mit uns zusammen raus.

YES!

Sie hat sich also doch für uns entschieden und gegen Fabienne!

17:34 Uhr

Die meisten anderen stehen schon vor der Schwimmhalle, auch Fabienne.

Sie guckt kurz zu uns rüber und sofort wieder weg, aber wen interessiert's?

Wer mich interessiert, steht ein Stückchen weiter links.

Simon.

Er lächelt mich an, und ein Stromschlag fährt durch meinen Körper.

17:35 Uhr

Er kommt her!

17:36 Uhr

»Na?«, sagt er.

»Na?«, sage ich zurück.

Okay, das kommt jetzt nicht in das Buch »Die intelligentesten Unterhaltungen der Weltgeschichte«.

Ich würde so gerne was Witziges sagen oder wenigstens was Schlaues, aber mein Gehirn ist komplett mit Watte gefüllt.

17:37 Uhr

Der Petersen ruft, dass wir losgehen sollen.

Simon und ich gehen nebeneinander.

Ach was, gehen: Ich schwebe auf einer rosa Wolke neben ihm her!

»Übrigens, wegen vorhin«, sagt er.

»Ja?«

Plötzlich guckt er ganz ernst. »Tut mir leid, aber ich muss das noch mal klären: Ihr habt doch hoffentlich keine Nacktfotos von Justin und Lennard gemacht?«

WAAASS?

»Na ja, ihr standet da auf diesem Handtuchwagen, und Fabienne hatte ihr Handy draußen. Wenn ihr Nacktfotos gemacht habt, ist das eine Straftat, das weißt du hoffentlich!«

»Ich bin ja nicht blöd«, zische ich. Die rosa Wolke ist auf einen Schlag verdampft, und ich plumpse auf den harten Boden.

»Wenn wir das bei euch machen würden, fändest du das auch nicht witzig«, sagt Simon voll oberlehrerhaft.

»Ach was! Glaubst du, ich bin blöd?« (Genau das Gleiche habe ich doch vorhin zu Fabienne gesagt!)

»Natürlich nicht. Aber manche Leute denken einfach nicht, dass so was strafbar sein könnte.«

»Du spinnst wohl!« Damit lasse ich ihn stehen. Manche Leute? Ich bin also »manche Leute« für ihn?

Warum müssen Jungs immer alles Schöne kaputt machen? Und ich dachte echt, er wäre anders als die anderen!

17:39 Uhr

Ich marschiere mit doppelter Geschwindigkeit weiter und lasse Simon hinter mir zurück.

Da vorne sind Paula und Selina!

17:40 Uhr

»Na, bist du gar nicht bei Simon?«, fragt Paula.

»Siehst du doch«, brummele ich.

»Ist was passiert?«, fragt Selina.

»Frag nicht!«

Die beiden sehen sich an, und Paula zieht die Augenbrauen hoch.

Aber wenigstens halten sie die Klappe.

17:41 Uhr

Simon ist so ein Idiot! Ein Besserwisser, Streber und Idiot!

Denkt er echt, ich wäre so blöd, bei Fabiennes Nacktfotoscheiße mitzumachen?

ICH habe ihr schließlich gesagt, dass das strafbar ist!

Aber er hat mich ja nicht mal gefragt, was passiert ist, er hat einfach gedacht, ich hätte mitgemacht.

Wie konnte ich nur glauben, er mag mich?!

»Manche Leute« hat er mich genannt!

Wahrscheinlich hat er sich insgeheim die ganze Zeit schlappgelacht über die dumme Lena.

Der ist echt kein Stück besser als Justin!

17:42 Uhr

Warum will ich dann am liebsten heulen?

Oh Mann, ich glaube, ich hab mich echt in den verliebt!

Ausgerechnet in Simon!

Und was hat's mir gebracht?

Verlieben ist doch scheiße!

Mit den Jungs bin ich fertig! Und zwar mit allen!

17:43 Uhr

Für immer!!!

17:52 Uhr

Zurück in der Jugendherberge.

Das Erste, was ich sehe, ist Till, der gerade aus unserem Zimmer kommt.

Das Zweite ist der verliebte Blick, den Amira ihm hinterherschickt.

Am liebsten würde ich gleich wieder umkehren, aber Amira hat mich schon entdeckt.

»Hi, Lena! Wie war's beim Schwimmen?«

»Frag nicht!«

»Wieso?«

Plötzlich steht Paula neben mir. »Du hast echt was verpasst, Amira!« Und dann textet sie Amira zu, von wegen wie wir alle zusammen die Discorutsche runtergerutscht sind und so.

Wie Amira mich jetzt ansieht!

17:54 Uhr

Paula ist fertig und geht in Richtung Tür. »So, Leute, ich muss mal aufs Töpfchen!«

»So genau wollten wir das gar nicht wissen«, murmelt Amira. Dann dreht sie sich zu mir um. »Ich dachte, du warst mit Fabienne und Nadja schwimmen?«

»Du weißt ja nicht, was Fabienne gemacht hat!« Ich erzähle ihr die ganze Geschichte mit dem Jungs-Beobachten und dem Handy. Das mit den Fotos findet Amira auch voll daneben.

»Aber Fabienne hat es doch nicht gemacht, oder?«

»Nein«, sage ich. »Weil ich sie davon abgehalten habe. Und weil die Jungs uns dann entdeckt haben.«

»Na, dann ist es doch nicht so schlimm.«

Nicht so schlimm? »Die haben mich da ganz alleine stehen lassen, Amira!«

»Ja, aber ich dachte, du hattest Paula und Selina? Und Nadja ist doch auch mit euch zusammen gerutscht.«

»Ja, Nadja. Aber Fabienne nicht! Du hättest mal sehen sollen, wie die uns nachher angeguckt hat! Aber die hab ich ordentlich angeschissen.«

»Angeschissen?« Amira zieht die Augenbrauen hoch. »Nur weil sie dich komisch angeguckt hat?«

»Na ja, nein …«

»Das hättest du mal hören sollen! Das war echt geil!«, kommt es plötzlich aus Selinas Bett. Oh Mist, die ist ja auch noch hier!

Amiras Augenbrauen wandern noch höher.

Nicht hilfreich, Selina!

17:56 Uhr

Obwohl, recht hat sie ja. Es war höchste Zeit, dass jemand Fabienne die Meinung sagt!

Und früher hätte Amira das auch sofort verstanden. Keine Ahnung, was heute schon wieder mit ihr los ist!

17:57 Uhr

Paula ist wieder da. »Kommt ihr mit zum Abendessen?«

»Ja«, sagen Selina und ich gleichzeitig.

»Kommst du auch mit, Amira?«, frage ich.

Zuerst zuckt sie mit den Schultern. Aber dann kommt sie doch mit.

18:00 Uhr

Wir gehen in den Speisesaal, und der Erste, den ich sehe, ist Simon. Ausgerechnet! Er sitzt mit Kai an einem Tisch gleich hinter dem Büffet.

Aber was noch schlimmer ist: Paula steuert zielstrebig genau in seine Richtung!

»Guck mal, dahinten ist was frei!« Damit zeige ich auf einen großen Tisch in der ganz anderen Ecke des Raumes.

»Okay«, sagt Paula und dreht ab.

Puh! Gerade noch mal gutgegangen.

18:01 Uhr

Amira tippt mir auf die Schulter.

»Ich geh mal kurz zu Till!«

»Okay.«

»Wir sind jetzt nämlich zusammen!«

»Was? Warte mal!« Ich halte sie am Arm fest. »Das hast du mir ja gar nicht erzählt!«

»Du hast ja auch nicht gefragt.« Dieser Blick, den sie mir zuwirft!

»Nein, aber …«

»Was aber?«

»Aber … Ich freue mich jedenfalls für dich!«

»Okay …«

»Ehrlich!«, sage ich.

Aber irgendwie sieht sie nicht so aus, als würde sie mir glauben.

18:02 Uhr

Ich stehe am Büffet und belade mein Tablett im Turbotempo. Dabei sehe ich weder zum Jungstisch hinüber, wo Amira mit Till redet, noch zu dem Tisch, an dem Simon sitzt.

Ich hasse mein Leben!

18:03 Uhr

Zurück am Tisch bei Paula und Selina. Dafür ist jetzt Amira am Büffet.

Wieso habe ich nur schon wieder vergessen, sie nach Till zu fragen? Dabei ist sie so süß in ihn verliebt, und er ist echt nett, und sie waren den ganzen Nachmittag alleine … Und jetzt sind sie sogar richtig zusammen! Das ist sooo schön! Ich freu mich voll für sie!

Aber ob Amira mir das überhaupt noch glaubt?

Ich bin echt eine miese Freundin!

Und ich könnte total verstehen, wenn sie jetzt lieber bei Till sitzen will.

18:05 Uhr

Amira kommt zurück an unseren Tisch! Mit dem vollen Tablett!

»Isst du nicht bei den Jungs?«, fragt Paula.

»Nee. Ich wollte bloß mal kurz Hallo sagen.«

Damit setzt sie sich wieder neben mich. Ohne mich anzusehen, allerdings.

18:06 Uhr

Ich versuche, Amira anzulächeln, aber sie guckt die ganze Zeit in die andere Richtung.

18:07 Uhr

Ich geb's auf. Mir tun schon die Mundwinkel weh.

18:08 Uhr

Jetzt kommt auch noch Nadja zu uns. Alleine, ohne Fabienne! Wie cool ist das denn!

Sie stellt ihr Tablett neben das von Paula.

»Hi!«, sagt Paula lächelnd.

»Hi!« Nadja lächelt zurück. »Übrigens, wusstet ihr schon: Heute Abend will der Petersen ein Lagerfeuer machen!«

»Wie cool!«, rufe ich. »Ich liebe Lagerfeuer!«

Die anderen lieben es anscheinend auch, denn plötzlich reden alle durcheinander und erzählen irgendwelche Lagerfeuergeschichten.

Aber Amira guckt immer noch überallhin außer zu mir.

18:25 Uhr

Wir sind schon fast mit essen fertig, da fragt Amira Nadja: »Wo ist denn eigentlich Fabienne?«

»Ihr geht's nicht gut«, sagt Nadja.

Das kann ich mir denken, nachdem ich es ihr vorhin so gegeben habe!

»Findest du es etwa lustig, dass es Fabienne schlecht geht?«, fragt Nadja. Upps! Ich hätte wohl nicht so breit grinsen sollen. »Nein … natürlich nicht …«, stammele ich. »Geht es ihr echt schlecht?«

»Sie hat fiese Kopfschmerzen! Was denkst du denn, warum sie vorhin so mies drauf war?«

»Die Arme!« Amira klingt total mitleidig.

»Na ja …«, sage ich skeptisch.

»Was soll das heißen, na ja? Glaubst du mir etwa nicht?«, fragt Nadja.

»Dir schon … Ach, egal.«

»Nein, nicht egal! Jetzt sag!«

Ich atme tief ein. Okay, dann spreche ich es eben laut aus.

»Das soll heißen: Selbst wenn sie wirklich Kopfschmerzen hat … Das ist doch kein Grund, immer so fies zu allen anderen zu sein!«

Nadja starrt mich ungläubig an. »Oh Mann, wie bist du denn drauf?« Dann schiebt sie ihren Stuhl so heftig zurück, dass er umfällt, nimmt ihr Tablett und stapft davon.

18:26 Uhr

»Das musste echt nicht sein!« Plötzlich sieht Amira mich doch wieder an, und zwar total vorwurfsvoll.

Moment mal, was geht denn hier gerade ab? Fabienne ist doch die Böse, nicht ich!

»Stimmt doch aber«, murmele ich. »Ich hab's so satt, dass ihr immer alle hinten reinkriechen.«

Amiras Gabel stoppt auf dem Weg zum Mund. »Wem? Nadja?«

»Nein, Fabienne natürlich!«

»Ich auch, oder was?«

»Na ja …«

Amira knallt die Gabel auf den Teller. »Danke, Lena! Das hätte ich echt nicht von dir gedacht!«

Damit stapft auch sie davon.

18:27 Uhr

»Ist doch aber wahr«, sage ich zu Paula und Selina. »Oder?«

»Und wie!« Paula grinst. »Gut, dass du es endlich gemerkt hast! Und die anderen merken es auch noch.«

»Meinst du echt?«

»Na ja, hoffentlich …« Sie zuckt mit den Schultern. »Ist aber nicht deine Baustelle. Das müssen die schon selbst merken.«

Nicht meine Baustelle? Ich weiß nicht. Nadja vielleicht nicht, aber Amira?

Selina legt mir eine Hand auf den Arm. »Mach dir nichts draus. Die kriegen sich wieder ein.«

Ich hoffe, sie hat recht!

18:30 Uhr

Als ich mit Paula und Selina zurück ins Zimmer komme, springt Amira von dem Stuhl auf, auf dem sie gesessen hat. Oh Mann, haut sie jetzt schon ab, wenn sie mich nur sieht?

»Amira«, sage ich. »Wollen wir nicht noch mal reden?«

»Aber nicht hier.« Sie sieht hinüber zu Paula und Selina.

»Draußen?«, frage ich.

»Okay.«

18:35 Uhr

Wir sitzen auf einer Bank neben dem Kaninchenstall. Das braunweiße Kaninchen und das schwarze liegen dicht aneinandergekuschelt in der Sonne.

»Süß, oder?«, frage ich.

»Ja, süß. Vermisst du dein Mümmelchen?«

»Ja«, sage ich.

Dann schweigen wir.

Ich will Amira so viel sagen, aber ich habe keine Ahnung, wie ich anfangen soll.

18:36 Uhr

»Amira …«, sage ich.

»Du …«, sagt Amira gleichzeitig.

Wir lachen verlegen.

»Du zuerst«, sagt Amira.

»Okay …« Ich male mit der Schuhspitze Kreise in den staubigen Boden. Ich habe echt Schiss, Amira als Freundin zu verlieren, wenn ich jetzt ehrlich bin! Andererseits: Wenn ich nicht ehrlich zu ihr sein kann, was ist unsere Freundschaft dann überhaupt wert?

»Fabienne war in der Schwimmhalle echt total fies zu mir«, sage ich. »Und vorher auch schon so oft. Und trotzdem himmeln sie immer alle an.«

»Ich himmel sie doch nicht an!«

»Na ja, du weißt doch, wie ich das meine.«

»Nein, weiß ich nicht!«

»Du bist trotzdem nett zu ihr und tust immer so, als hätte ich was falsch gemacht.«

»Mann, Lena, was soll ich denn denken? Du gehst mit Fabienne und Nadja zum Schwimmen. Dann kommst du mit Paula und Selina wieder und erzählst mir, dass du Fabienne angeschissen hast, weil sie komisch geguckt hat. Das kam alles irgendwie ziemlich plötzlich. Vor allem weil ich dachte, wir wollen cool werden und mit Fabienne und Nadja befreundet sein!«

»Ich glaube, das will ich gar nicht mehr«, sage ich.

»Was? Cool sein oder mit Fabienne und Nadja befreundet sein?«

»Beides.«

Amira sieht mich aus großen Augen an. »Willst du denn überhaupt noch mit mir befreundet sein?«

»Natürlich! Immer! Und du?«

»Klar!«

»Ich hab nämlich echt Angst gehabt, dich zu verlieren«, sagt Amira.

»Ach, Amira! Ich doch auch!«

Wir fallen uns in die Arme.

18:39 Uhr

Nachdem wir uns wieder losgelassen haben, sage ich: »Und es tut mir wirklich leid, dass ich dich nicht nach Till gefragt habe! Ich freue mich nämlich total für dich.«

Amira verzieht das Gesicht. »Dann hast du aber eine komische Art, das zu zeigen.«

»Sorry«, murmele ich. »Aber es stimmt! Ich finde, Till ist echt nett.«

Amiras Augen fangen an zu leuchten. »Ja, oder?«

»Wie war es denn nun heute Nachmittag mit ihm? Ich will alles wissen!«

»Alles?«, fragt Amira. »Wirklich alles?«

»Alles!«, sage ich. »Und zwar mindestens dreimal!«

»Okay!«

18:57 Uhr

Amira hat mir ganz genau erzählt, was Till heute Nachmittag zu ihr gesagt hat.

Jedes Wort. Und zwar wirklich mindestens dreimal. So süß, wie verliebt sie in ihn ist!

19:02 Uhr

Zurück im Zimmer frischt Amira schnell ihr Make-up auf, denn ab sieben ist heute das Lagerfeuer auf der Wiese geplant.

Dann fragt sie: »Kommst du?«

»Ähm …« Logisch, dass sie zu Till will, aber der ist doch bestimmt mit den anderen Jungs und Fabienne zusammen. Und zu denen gehe ich ganz bestimmt nicht!

»Wenn Fabienne was Blödes sagt, halte ich zu dir. Versprochen!«, sagt Amira.

»Das ist lieb. Aber ich gehe lieber mit Paula und Selina. Sei nicht böse, okay?«

»Bin ich nicht«, sagt Amira, aber sie guckt ganz traurig dabei.

»Du hast doch Till!«, rufe ich ihr hinterher.

Dann fällt die Tür zu, und ich habe einen dicken Kloß im Hals.

Aber ich kann doch nicht wieder mit Fabienne abhängen, nur Amira zuliebe!

19:12 Uhr

Wo bleiben eigentlich Paula und Selina?

Wir hatten doch abgemacht, dass wir zusammen hingehen!

19:14 Uhr

Die Tür wird aufgerissen.

»Da steckst du, Lena!«, brüllt Paula. »Auf los geht's los! Oder?«

»Klar!« Ich muss grinsen. Sie ist echt so was von uncool!

19:15 Uhr

»Was ist denn jetzt eigentlich mit dir und Simon?«, fragt Selina auf dem Weg nach unten.

»Nichts!«, blaffe ich. »Was soll da schon sein?«

»Na ja, ich dachte ja nur, weil du doch vorhin gesagt hast …«
»Ja, vorhin! Aber der Typ ist ein Idiot! Kapiert?«
Die beiden sehen sich an. »Ist ja gut«, sagt Paula.

19:18 Uhr

Herr Petersen müht sich mit dem Lagerfeuer ab. Die paar Schüler, die schon da sind, stehen blöd rum und gucken ihm zu. Es kokelt und qualmt ohne Ende, und es stinkt total nach Rauch, aber von Feuer keine Spur.

»Wollen wir noch mal 'ne Runde laufen?«, fragt Selina und zeigt in Richtung Park.

»Klar«, sagt Paula und ich: »Gute Idee!«

Simon ist nämlich noch nicht da, und ich will auf gar keinen Fall, dass er sich neben mich setzt.

19:21 Uhr

Als wir an den Kaninchen vorbeikommen, erzähle ich von Mümmelchen und Paula von ihrer Katze und Selina von ihren frechen Ziegen. Und dann von ihrem Hund und den Hühnern und den kleinen Kätzchen … Sie wohnt nämlich auf einem Bauernhof, und da gibt es so ziemlich alle Tiere, die man sich wünschen kann. Also natürlich keine Elefanten oder so was, aber eben alle Bauernhoftiere.

19:45 Uhr

Am liebsten wäre ich die ganze Zeit weitergelaufen, aber irgendwann sind wir doch umgekehrt. Das Lagerfeuer brennt inzwischen, und Frau Klein verteilt Stöcke und Brotteig. Wir holen uns welche, und dann setzen wir uns zu den anderen. Aber natürlich so weit wie möglich weg von Simon!

19:48 Uhr

Das Feuer knistert und knackt in der Dämmerung. Und obwohl mir am Rücken ein bisschen kalt ist, glühen mein Bauch und mein Gesicht total, weil das Feuer wahnsinnig viel Hitze abstrahlt. Wobei, wenn ich ehrlich bin: Das mit dem Gesicht könnte auch an Simon liegen. Denn blöderweise heißt so weit wie möglich von ihm wegzusitzen gleichzeitig auch: ihm genau gegenüberzusitzen! Jedes Mal, wenn ich auf meinen Brotteig gucke, sehe ich ihn hinter den tanzenden Flammen. Sein T-Shirt mit dem bescheuert-lustigen Spruch, seine zerwuschelten Haare, seine grünen Augen … Wie konnte ich jemals denken, er sieht nicht gut aus?

Und warum muss der Typ nur so ein Idiot sein?

Oh nein, er sieht her! Schnell woanders hingucken!

19:52 Uhr

»Lena, dein Teig brennt«, sagt Selina.

Mist! Gar nicht hinsehen ist auch keine Lösung.

19:56 Uhr

Wie lange dauert das denn noch, bis dieses blöde Brot endlich fertig ist?

19:57 Uhr

Noah, der schräg gegenüber sitzt, isst sein Brot einfach schon, obwohl es außen schwarz und innen noch halb roh ist. Bäh! Da warte ich lieber noch ein bisschen.

20:01 Uhr

Endlich! Mein Brot ist fertig! Und es ist echt lecker. Also außer den schwarzen Stellen natürlich, aber die kann man ja abpulen.

20:03 Uhr

Amira und Till füttern sich gegenseitig mit Brot, und Jonathan daneben macht laute Kotzgeräusche. Woraufhin Frau Klein sagt: »Jonathan!«

»Was? Ich find das nun mal eklig.«

»Du bist ja nur neidisch«, sagt Till.

»Gar nicht!«

»Nein?«, fragt Till. Und dann küsst er Amira, so richtig mit Zunge und allem, und das eine halbe Ewigkeit lang.

»Till, Amira, das muss doch vielleicht wirklich nicht hier sein!«, sagt Frau Klein, aber die beiden küssen einfach weiter, als hätten sie nichts gehört.

20:04 Uhr

Jetzt lösen sie sich voneinander und strahlen sich an.

Amira hat es so was von gut mit ihrem Till!

Ich freu mich echt für sie!

20:05 Uhr

Seufz …

20:06 Uhr

Nicht zu Simon gucken!!!

20:09 Uhr

Amira und Till stehen auf und verkrümeln sich.

»Viel Spaß beim Knuuuutschen!«, ruft Jonathan den beiden hinterher.

»Danke, werden wir haben!«, antwortet Amira.

Dann winkt sie mir noch einmal zu, und ich winke zurück.

Gut, dass ich mit Paula und Selina hier bin! Hätte ich mir ja denken können, dass Amira früher oder später mit Till verschwindet.

20:10 Uhr

Erst jetzt fällt mir auf: Wo stecken eigentlich Fabienne und Nadja?

20:12 Uhr

Und Justin und Lennard?

20:13 Uhr

Egal. Egal!

Ist doch eigentlich total cool, dass die nicht hier sind!

20:14 Uhr

Herr Petersen holt seine Gitarre raus. Lautes Stöhnen.

»Wartet doch erst mal ab!«, ruft Frau Klein.

20:15 Uhr

Frau Klein verteilt Notenhefte, aber da sind nur so voll altmodische Wanderlieder drin. Das Stöhnen wird lauter.

»Ihr könnt auch Liedvorschläge machen«, sagt der Petersen.

Liedvorschläge! Was für ein Wort!

20:20 Uhr

Weil Herr Petersen keinen der »Liedvorschläge« konnte, spielt er jetzt »What shall we do with a drunken sailor«.

Aber keiner singt mit. Außer Frau Klein.

20:22 Uhr

»Leute, wenn ihr keine bessere Idee habt, dann singt wenigstens mit! Oder schlagt was anderes vor!«

»Wir haben doch was vorgeschlagen«, sagt Murat.

»Aber Sie konnten das ja alles nicht!«, ruft Jonathan.

»Ach, Leute …«

»Ich hab eine Idee«, sagt Paula und streckt die Hand nach der Gitarre aus.

»Ähm … Die gebe ich nicht so gerne her«, stammelt der Petersen.

»Aber der Song ist nicht in dem Heft«, sagt Paula. Simon ruft: »Paula! Paula!«, und die anderen stimmen ein, ich natürlich auch, sodass schließlich alle rufen: »Paula! Paula!«

Herr Petersen hebt lachend die Hände. »Ist ja gut!«

Dann gibt er Paula die Gitarre.

20:23 Uhr

Paula spielt ein paar Akkorde, und dann singt sie: »Es saßen zwei Gestalten auf dem Donnerbalken, und sie schrien nach Klopapier!«

Alle sehen sich fragend an, nur Simon und Kai grölen: »Klopapier!«

Paula singt weiter: »Und dann kam der Dritte und setzte sich in die Mitte, und sie schrien nach Klopapier!«

Dieses Mal grölen alle: »Klopapier!«

»Und dann kam der Vierte, der alles voll verschmierte …«

Selina und ich starren uns an – und kriegen einen Lachanfall. Was für ein bescheuerter, ekliger, total lustiger Song!

Und dann brüllen wir genauso laut wie die anderen: »Klopapier!!!«

20:25 Uhr

Paula ist bei Strophe zwölf vom Klopapiersong, und ich glaube, sie ist noch lange nicht fertig!

Da tippt mich jemand von hinten an. Es ist Nadja. Was will die denn jetzt plötzlich wieder von mir?

»Was ist?«, zische ich.

Paula neben mir schielt über die Schulter zu Nadja. Und dann spielt sie doppelt so laut weiter.

Nadja sagt irgendwas, aber ich verstehe kein Wort.

»Was?«

»Kommst du mal mit?«

»Jetzt nicht!«

Paula spielt inzwischen noch lauter, und ich würde viel lieber wieder mitsingen, als hier mit Nadja zu diskutieren!

»Bitte, Lena! Es ist ein Notfall!«

Ich seufze. »Aber nur ganz kurz!«

Denn es macht doch gerade sooo viel Spaß hier!

20:26 Uhr

Ich gehe hinter Nadja her in Richtung Haus. Ob die anderen überhaupt merken, dass ich weg bin?

Kurzer Blick zurück: Paula sieht uns hinterher.

Und Simon auch.

20:27 Uhr

Ein Stückchen weg vom Lagerfeuer ist es ruhiger. Ich bleibe stehen und verschränke die Arme vor der Brust.

»Also? Was ist los?«

»Fabienne ist weg«, sagt Nadja. »Ich glaube, die Jungs haben sie entführt und in ihrem Zimmer eingesperrt!«

»Na und? Das findet sie doch bestimmt toll.«

»Aber ich habe ewig an die Tür vom Jungszimmer geklopft, und sie antwortet nicht. Ich mache mir echt Sorgen, Lena! Wer weiß, was die mit ihr machen?«

»Was sollen die schon groß machen?«

»Die wollen sich doch bestimmt rächen, weil wir sie im Schwimmbad beobachtet haben!«

Ich seufze. »Und warum kommst du damit ausgerechnet zu mir?«

»Amira ist mit Till verschwunden, und zu wem soll ich denn sonst?«

»Zu mir jedenfalls nicht!« Ich lasse mir doch von Fabienne nicht den letzten Abend kaputt machen! Ich drehe mich um und will weggehen, aber Nadja hält mich am Arm fest.

»Bitte, Lena! Ich fand das ja auch ätzend von Fabienne vorhin im Schwimmbad!«

»Warum hast du dann nichts gesagt?«

Sie zuckt mit den Schultern. »Wenn Fabienne so drauf ist, trau ich mich irgendwie gar nichts mehr. Ist blöd von mir, ich weiß. Aber sie hat sich hinterher bei mir entschuldigt. Und sie hatte wirklich Kopfschmerzen. Wenn ich mit ihr alleine bin, ist sie ganz anders, ehrlich! Ich mache mir echt Sorgen um sie. Bitte, du musst mitkommen!« Sie klingt ziemlich verzweifelt.

»Muss ich gar nicht«, sage ich.

Aber weil Nadja mich so bittend ansieht, gehe ich doch mit.

20:30 Uhr

Da vorne ist das Jungszimmer. Ich klopfe an die Tür. »Fabienne?«

Keine Antwort.

»Bist du sicher, dass sie da drin ist?«, frage ich Nadja.

»Klar! Sie hat gesagt, sie geht zu den Jungs. Und jetzt ist sie verschwunden und die Jungs auch. Ich meine, wo sollen sie denn sonst sein?«

»Im Park vielleicht?«

»Stimmt. Daran hab ich gar nicht gedacht.«

Nadja lässt sich mit dem Rücken die Wand hinuntergleiten und setzt sich auf den Boden.

»Scheiße«, murmelt sie.

Ich setze mich daneben.

»Ja«, sage ich. Echt ätzend, dass Fabienne sie so abserviert hat! Wo sie doch angeblich ihre beste Freundin ist.

Ich räuspere mich. »Warum seid ihr eigentlich befreundet, Fabienne und du? Ihr seid doch total verschieden …«

Nadja sieht mich an. »Wieso verschieden?«

Weiß sie das wirklich nicht?

»Na ja …«, sage ich. »Du bist doch eigentlich echt nett und sie … Also die Sache jetzt zum Beispiel ist doch echt scheiße. Hast du selbst gesagt! Und das mit dem Jungs-Fotografieren vorhin ging auch gar nicht.«

Nadja seufzt. »Stimmt. Ich weiß, dass sie manchmal blöd ist. Aber das musst du verstehen, sie hat's halt nicht so leicht. Zu Hause und so.«

»Wieso hat sie es schwer zu Hause?«

»Ich glaube nicht, dass ich das erzählen darf. Frag sie einfach selber.«

Das werde ich ganz bestimmt nicht tun!

Stattdessen sage ich: »Okay, aber auch wenn sie es schwer hat … Das ist doch kein Grund … Ich meine, so fies, wie sie manchmal ist …«

Plötzlich springt Nadja auf. »Sag mal, spinnst du? Ich werde ganz bestimmt nicht mit dir über meine beste Freundin lästern!«

Ich rappele mich auch hoch und sage schnell: »Sorry, so war das nicht gemeint! Ich kenne sie ja eigentlich auch gar nicht.«

»Genau, du kennst sie nicht!«

In dem Moment hören wir ein Rumpeln aus dem Zimmer.

Dann ein Kreischen.

Und dann ist es wieder still.

Mit zwei Schritten ist Nadja bei der Tür.

»Fabienne? Fabienne, ist alles in Ordnung?«

20:35 Uhr

Wir rufen und klopfen immer wieder, aber nichts. Warum kreischt Fabienne erst, und jetzt antwortet sie nicht?

Und was war das für ein Rumpeln?!

»Wir müssen die Lehrer holen«, sage ich.

»Nein!«

»Aber wenn ihr echt was passiert ist …«

»Glaubst du wirklich, Justin und Lennard tun ihr was?«

»Natürlich nicht«, sage ich viel zu schnell.

Wir sehen uns an, und es ist völlig klar, dass Nadja das Gleiche denkt wie ich: Oder?

Denn wenn sie ihr nichts tun, warum antwortet sie dann nicht?

Kann sie vielleicht nicht mehr antworten?

Oh Mann, ich habe eindeutig zu viele schlechte Filme gesehen! Filme, in denen Leute gefesselt und geknebelt wurden … Nein, darüber will ich jetzt nicht nachdenken!

Nadja klopft noch mal an die Tür.

»Fabienne, wir holen jetzt die Lehrer!«, ruft sie so laut, dass die Wände wackeln.

Immer noch nichts.

Nadja dreht sich zu mir um. »Mist! Ich dachte, wenn sie das hört, kriegt sie Angst und macht auf.«

»Wenn sie noch aufmachen kann«, sage ich.

Wir sehen uns wieder an.

»Wenn wir die Lehrer holen, kriegt Fabienne richtig Ärger«, sagt Nadja. »Dann redet sie nie wieder mit mir!«

»Willst du etwa gar nichts tun?«

»Natürlich nicht! Aber …« Plötzlich leuchtet ihr Gesicht auf. »Ich hab's! Du kannst doch Simon holen! Der schläft doch auch da drin!«

WAS?!!!

»Quatsch!«, rufe ich. »Simon schläft bei Kai und den anderen im Zimmer!«

»Ja, aber nur weil er seine Matratze rübergeschleppt hat. Eigentlich hat Herr Petersen ihn für dieses Zimmer eingeteilt, weil in dem anderen schon vier Jungs waren.«

»Echt? Bist du sicher?«

Ich will Simon nicht holen!

»Klar bin ich sicher! Offiziell schläft er hier, und das heißt, er hat eine Zimmerkarte. Komm schon, Lena, bitte hol ihn! Oder willst du echt den Lehrern erzählen, dass die Jungs Fabienne entführt haben? Am Lagerfeuer, wo alle zuhören?«

»Natürlich nicht …«

»Komm schon, hol Simon!«

Ich schüttele den Kopf.

»Warum denn nicht? Ich dachte, du bist mit dem befreundet.«

»Bin ich nicht!«

»Aber ihr wart doch im Schwimmbad zusammen auf der Rutsche.«

»Ja, schon …«

»Habt ihr euch gezofft? Oder … läuft da etwa irgendwas zwischen euch?«

»Nein!«

Nadja sieht mich mit schräg gelegtem Kopf an. Ich habe das Gefühl, sie kann direkt in mein Gehirn gucken.

»Ist ja gut! Ich hol ihn ja schon«, brummele ich. Alles ist besser, als weiter von Nadja wegen Simon gegrillt zu werden!

20:42 Uhr

Da vorne sitzt er. Von hier aus sehe ich nur seinen Rücken, das heißt, ich muss zu ihm hingehen, ihn antippen oder so was, und dann wird er sich umdrehen und mich fragend ansehen … Oh Mann, warum hab ich mich nur bequatschen lassen, Simon zu holen?

20:43 Uhr

Und wenn ich einfach abhaue? Ich könnte zu den Kaninchen gehen und bei ihnen im Stall übernachten. Genau!

Aber was erzähle ich dann morgen früh den anderen?

Sowieso ist der Stall bestimmt schon abgeschlossen, und ich hab viel zu viel Schiss, um alleine im dunklen Park zu übernachten.

Außerdem: Was, wenn Fabienne gerade wirklich was Schlimmes passiert, und ich hole keine Hilfe?

Ich beiße die Zähne zusammen. Dann tippe ich Simon auf die Schulter.

20:47 Uhr

Simon und ich gehen nebeneinander durch die dunklen Flure in Richtung Jungszimmer. Die Luft zwischen uns ist seltsam warm, und ich traue mich nicht, ihn anzusehen.

Er hat nicht viel gefragt, als ich gesagt habe, dass ich seine Hilfe brauche, weil die anderen Jungs Fabienne in ihrem Zimmer eingeschlossen haben. Er ist einfach aufgestanden und mitgekommen.

Aber dieser Blick, den er mir zugeworfen hat!

20:48 Uhr

»Da seid ihr ja endlich!« Nadja kommt uns schon im Flur entgegen. »Weiß er …?«

Sie nickt in Richtung Simon, doch bevor ich antworten kann, sagt er schon voll Business-mäßig: »Ich soll hier eine Tür öffnen, habe ich gehört?«

Nadja sieht ihn komisch an, aber das scheint er gar nicht zu merken. Er hält einfach die Karte vor die Klinke und … Klack! Die Tür ist auf.

Nadja drängelt sich an Simon vorbei ins Zimmer. Und ich gehe natürlich sofort hinterher.

20:49 Uhr

Fabienne liegt in Lennards Bett.

Die gute Nachricht ist: Sie sieht kein bisschen gefesselt und geknebelt aus. Nur ihr Make-up ist ein bisschen verschmiert.

Die schlechte ist: Sie kichert.

»Fabienne, warum hast du nicht aufgemacht?«, fragt Nadja.

»Und nicht geantwortet?«, frage ich.

»Wir haben euch schön verarscht, was?« Fabienne gackert noch lauter. »Wie ihr die ganze Zeit geklopft habt … Und immer so: ›Fabienne, bist du da?‹«

VERARSCHT?! Das darf ja wohl nicht wahr sein!

»Wir haben uns Sorgen um dich gemacht!«, sagt Nadja. »Wir dachten, dir ist was passiert!«

Fabienne verdreht die Augen. »Oh Mann, ich wollte doch nur, dass ihr endlich abhaut und mich mit den Jungs in Ruhe lasst! Ihr seid echt solche Schlaftabletten!«

»Aber …« Nadja sieht mich fragend an.

Ich zucke mit den Schultern.

»Komm, Lennard, wenn die nicht abhauen, hauen wir ab!« Fabienne boxt ihn in die Seite.

»Nee, keine Lust.«

»Jetzt komm schon!« Sie boxt ihn noch einmal.

»Hey, hör auf! Ich komm nicht mit!«

»Oh Mann, ihr seid alle so scheiße!« Damit rauscht Fabienne an uns vorbei aus dem Zimmer.

20:50 Uhr

Justin und Lennard grinsen uns an.

Nichts wie raus hier!

20:51 Uhr

Zurück im Flur.

»Ich glaube, ich muss mal zu ihr«, sagt Nadja.

Ich fasse es nicht! »Warum das denn? Die hat uns doch verarscht! Hat sie selbst gesagt!«

»Trotzdem.«

»Wenn du meinst …« Am liebsten würde ich Nadja aufhalten, aber dann denkt sie nur wieder, ich lästere über ihre Freundin.

»Bis später«, sagt sie. »Und danke!«

Damit hastet sie den Korridor entlang und verschwindet um die Ecke.

Und plötzlich sind hier nur noch Simon und ich.

20:52 Uhr

Er steht ein Stückchen weiter an der Wand und blickt Nadja hinterher.

Dann sieht er auf einmal mich an.

Und ich ihn.

»Danke«, sage ich verlegen.

Er nickt.

»Und sorry wegen …« Ich nicke in die Richtung, in der Nadja und Fabienne verschwunden sind.

»Schon okay.«

Ich würde gerne noch viel mehr sagen, aber was? Ich meine, erst erzähle ich ihm was von einem Notfall, und dann ist hier bloß voll das Zickendrama! Hoffentlich denkt er jetzt nicht, ich hätte ihn verarscht! Oder noch schlimmer: dass ich genauso eine Zicke bin wie Fabienne.

Simon räuspert sich. »Ich brauche jetzt dringend frische Luft. Und du?«

»Gute Idee!«

20:56 Uhr

Wir laufen in Richtung Park, mit einem großen Schlenker, damit wir nicht am Lagerfeuer vorbeikommen. Im Mondlicht kann man den Weg gerade eben so erkennen. Am Kaninchenstall vorbei und am Volleyballfeld …

»Sorry«, sage ich noch mal, ohne Simon anzusehen. »Ich dachte echt, da wäre eben was Schlimmes passiert.«

»Schon okay«, sagt er. »Konntest du ja nicht wissen. Ähm … Ich wollte dir auch noch was sagen.«

»Ja?« Jetzt sehe ich ihn doch an, aber sein schattiges Gesicht guckt nach unten.

»Ich wollte mich entschuldigen«, sagt er. »Dass ich dich vorhin so angemacht habe wegen der Fotosache. Bei dem Thema werde ich total schnell wütend, weil … Na ja … In der Klasse meiner Schwester gab es so einen Fall …« Er seufzt.

»Was?«, frage ich.

»Da hat ein Mädchen einem Jungen, mit dem sie zusammen war, ein Foto von sich geschickt. Ein Nacktfoto. Und als dann Schluss war, hat er es an irgendwelche anderen Jungs weitergeschickt. Das war echt heftig.«

»Oh Mann!«, sage ich. »Und sie hat ihm das echt freiwillig geschickt?«

»Na ja, sie war halt mit ihm zusammen … und bestimmt total verliebt …« Simon sieht mich vorsichtig von der Seite an. »Aber als dann Schluss war, war das Foto eben immer noch da. Und alle haben es gesehen! Sie war so fertig, sie hat sogar überlegt, sich umzubringen.«

»Scheiße«, sage ich. »Aber … Sie hat nicht … Ich meine …«

»Nein, zum Glück nicht! Irgendwann hat sie es ihrer besten Freundin erzählt, und dann ist der Typ von der Schule geflogen. Aber trotzdem!«

»Trotzdem scheiße.«

»Genau.«

Wir gehen schweigend weiter.

21:01 Uhr

Im Park ist es ein bisschen heller, hier gibt es Straßenlaternen neben den Wegen.

»Fabienne wollte auch Fotos von den Jungs machen, aber ich war dagegen«, sage ich.

Simon bleibt stehen. »Echt?«

»Ja.«

»Und hat sie trotzdem welche gemacht?«

»Nein.«

»Cool.«

Wir lächeln uns an, und in meinem Bauch fängt es ganz leise an zu kribbeln.

21:02 Uhr

»Ich finde die eigentlich auch gar nicht toll«, sage ich. »Also Fabienne, meine ich. Was die hier eben abgezogen hat … Und die Sache mit den Fotos …« Ich verziehe das Gesicht.

»Und warum hängst du dann die ganze Zeit mit ihr rum?«, fragt Simon.

»Na ja, Nadja ist eigentlich ganz okay. Und außerdem …« Ich zögere. Ich kann ihm ja wohl kaum sagen, dass ich cool werden wollte, weil ich in Justin verliebt war!

»Fabienne ist eben cool«, murmele ich stattdessen.

»Findest du?«

»Na ja … Die sieht doch immer perfekt aus und … und so halt.« Was ich eigentlich meine: Sie ist nie unsicher und stottert dämlich rum wie gewisse andere Leute. Ich zum Beispiel. Jetzt gerade zum Beispiel.

Simon runzelt die Stirn. »Perfektes Aussehen ist doch nicht dasselbe wie cool sein! Ich finde ja, man ist cool, wenn man sein eigenes Ding macht. Egal, ob andere das gut finden oder nicht.«

»Ja. Das auch. Das macht Fabienne ja auch.«

»Und warum willst du unbedingt so werden wie sie?«

»Will ich ja gar nicht! Also nicht mehr.«

»Gut.« Er lächelt.

»Wieso gut?«

»Weil … Also ich finde, du bist gut so, wie du bist.«

»Im Ernst?«

Er starrt auf den Boden. »Klar.«

Er findet mich gut! Simon findet mich gut!!!

»Obwohl …«, murmelt er.

Oder doch nicht.

»Obwohl … Das mit dem Schminken sah auch ziemlich gut aus.«

»Oh! Äh … danke, schätze ich?«

»Also das heißt, ungeschminkt siehst du natürlich auch super aus!«

Gut, dass die nächste Straßenlaterne ein Stück weit weg steht. Dann sieht er hier im Dämmerlicht vielleicht nicht, wie meine Wangen glühen!

21:04 Uhr

Auf einmal verschwindet Simons Lächeln.

»Was ist eigentlich mit Justin?«, fragt er.

»Was soll mit dem sein?«, frage ich vorsichtig zurück.

»Na ja, Fabienne hat heute Morgen im Speisesaal gesagt, dass du ihn geküsst hast.«

Auf einen Schlag wird mir eiskalt. Wie kann ich … Was soll ich …

»Stimmt es etwa nicht?«, fragt Simon leise.

»Doch, schon …«

Er sieht auf einmal wahnsinnig traurig aus, und ich rede im Turbotempo weiter: »Aber das war nur wegen Wahrheit oder Pflicht! Ich wollte das gar nicht! Und außerdem war das …« Ich verziehe das Gesicht.

»War nicht gut?«

»Echt nicht! Das war alles, was ein Kuss nicht sein sollte!«

»Wie sollte ein Kuss denn sein?« Simon sieht mir tief in die

Augen, und plötzlich ist das Kribbeln wieder da, und alles, was vorher kalt war, fängt an zu glühen.

»Das kann man nicht beschreiben …«, murmele ich. »Ich glaube, das kann man nur fühlen …«

»Fühlen?« Sein Gesicht kommt näher. Seine Augen. Seine Lippen …

»Ja …«, flüstere ich.

Sein Gesicht kommt noch näher, und mein Herz klopft wie wild. Gleich wird er … gleich!

Doch dann stoppt Simon. Und fragt: »Darf ich?«

Oh Mann, jetzt fängt der schon wieder an zu quatschen! Ich lehne mich das letzte winzige Stück nach vorne und küsse seine warmen, weichen Lippen. Und er küsst mich zurück, und es ist total schön und kribbelig gleichzeitig, und dann … dann berühren sich unsere Zungen, und ein Blitz schießt durch meinen Körper, und in meinem Bauch explodiert ein Feuerwerk.

Tag 5

7:15 Uhr

Ich werde mal wieder von Paulas Donald Duck geweckt. Dabei war ich doch gerade noch mit Simon im Park! Oder war das nur ein Traum?

7:16 Uhr

Quatsch, natürlich war es keiner! Wir haben uns wirklich geküsst! Und danach sind wir noch eine halbe Ewigkeit durch den Park spaziert, Hand in Hand, mit eng verschlungenen Fingern. Wir waren dann viel zu spät dran und mussten schnell zurück in die Jugendherberge flitzen. Ich habe es gerade noch ins Bett geschafft, bevor die Klein ihren Rundgang gemacht hat.

Simon und ich!

Wie verrückt ist das denn?

7:17 Uhr

Moment mal: Was stinkt hier eigentlich so eklig?

Oh Mann, das sind meine Haare!

Die riechen total nach Rauch, wahrscheinlich vom Lagerfeuer gestern.

Ich muss unbedingt duschen!

7:18 Uhr

So in zehn Minuten oder so … Erst mal noch ein bisschen von Simon träumen …

7:20 Uhr

Paula und Selina latschen vor meinem Bett vorbei.

»Aufstehen, Schlafmütze!«

»Jaja. Ich komm ja gleich.«

Die beiden verschwinden in Richtung Dusche, und ich drehe mich auf die andere Seite.

7:24 Uhr

Amira steht vor meinem Bett.

»Morgen«, sagt sie. »Kommst du mit duschen?«

Ich muss es ihr sagen! Aber wie? Sie hält Simon doch für den totalen Nerd. Ich muss es ihr unbedingt schonend beibringen …

»Amira?«

»Ja?«

»Ich bin jetzt übrigens mit Simon zusammen!«, platzt es aus mir heraus. So viel zu schonend beibringen!

»Was? Im Ernst?«

»Ich glaube schon … Jedenfalls haben wir uns gestern geküsst!« Mein Mund grinst schon wieder ganz von alleine. Oh Mann, ich bin echt total verknallt!

Amira sieht mich einen Moment lang an, dann grinst sie auch. »Das hätte ich mir ja eigentlich denken können.«

»Was? Wieso?«

»Ach, Lena«, antwortet sie bloß. »Aber ich freu mich für dich!«

»Ehrlich?«

»Ehrlich. Mein Typ ist er zwar nicht, aber ich verstehe, warum du ihn magst.«

Puh!

»Genauso geht es mir mit Till«, sage ich.

7:48 Uhr

Ich bin geduscht und angezogen. Jetzt nur noch die Pickel abdecken und vielleicht Wimperntusche … Oder ist das zu viel? Simon hat doch mal so einen Spruch gebracht von wegen in den Tuschkasten gefallen!

Aber gestern hat er auch gesagt, ich sehe immer gut aus …

Was mache ich denn jetzt?

7:51 Uhr

Okay, ein bisschen Mascara.

7:52 Uhr

Oder?

7:54 Uhr

»Kommst du jetzt, Lena?«

Grinst Amira etwa meinetwegen so?

7:55 Uhr

Ich lege die Wimperntusche beiseite und drehe mich zu ihr um.

Oder ob Simon mich im Zimmer abholen will? Wir haben blöderweise gar nicht abgemacht, wo wir uns wiedersehen. Zum Abschied haben wir bloß »Bis morgen« gesagt.

»Lena? Was ist denn jetzt?«

»Ich komme ja schon!«

Denn wenn Simon mich abholen wollte, wäre er doch schon längst hier!

Oder?

7:57 Uhr

Und was machen wir eigentlich, wenn wir uns gleich im Speisesaal sehen? Wo alle zugucken, einschließlich Fabienne, Justin, Lennard und die Lehrer?!

Ihn vor allen küssen, das bringe ich einfach nicht! Aber einfach nur »Hi« sagen, als wenn gar nichts wäre?

Schon bei dem Gedanken daran könnte ich heulen!

7:58 Uhr

Und was, wenn Simon mich gar nicht mehr küssen will?

Wenn ich ihm genauso peinlich bin, wie er es mir immer war?

Wenn er vor seinen ach so klugen Nerdfreunden nicht zugeben will, dass er ausgerechnet mit mir …

»Hi, Lena!«

»Simon!«

»Ich geh dann schon mal vor«, sagt Amira irgendwo neben mir.

Ich nicke, ohne die Augen von Simon zu lassen. Sein Gesicht strahlt mit dem Grinse-Emoji auf seinem T-Shirt um die Wette.

Alles an meinem Körper kribbelt.

Und dann beugt er sich zu mir herunter und küsst mich.

7:59 Uhr

Wir küssen uns immer noch.

Das ist sooo schön!

»Uuuh!«, macht Paula hinter uns, und wir fahren auseinander.

Wo kommt die denn auf einmal her? Aber sie grinst bloß und gibt uns Daumen hoch. Dann geht sie weiter.

Simons Gesicht ist ziemlich rot, und meine Wangen brennen. Wir lächeln uns an.

»Wollen wir?«, fragt er und nickt in Richtung Frühstücksraum.

»Okay«, sage ich, und meine Stimme zittert nur ein ganz kleines bisschen.

8:01 Uhr

Simon nimmt meine Hand und verschränkt seine Finger mit meinen. Dann gehen wir hinein. Mein Herz klopft bis zum Hals vor Aufregung, denn garantiert geht es gleich los mit dem Kreischen und Stöhnen und Mit-dem-Finger-auf-uns-Zeigen.

Lena und der Nerd! Was für ein Witz!

Natürlich ist mir das egal, denn Simon ist zwar ein bisschen nerdig, aber vor allem ist er nett und lieb und klug und witzig und süß und …

Nanu? Wir sind schon längst drin, und es passiert ganz genau: nichts.

Oder nein, nicht nichts: Dahinten sitzen Paula und Selina an einem Tisch und winken uns zu sich.

8:02 Uhr

Blöderweise müssen wir auf dem Weg dorthin an Justin und Lennard vorbei. Die uns noch nicht bemerkt haben, aber das wird sich garantiert gleich ändern.

Jetzt guckt Justin hoch und stößt Lennard in die Seite, der erst ihn fragend ansieht und dann uns. Seine Augen werden immer größer.

Ich halte Simons Hand noch ein bisschen fester.

8:04 Uhr

Wir sind schon fast an ihnen vorbei, da höre ich es: Knutschgeräusche, die immer lauter werden.

Ich drehe mich um, und Justin grinst mich breit an und wirft noch einen dicken Schmatzer in meine Richtung. Ausgerechnet Justin, die Wabbelzunge!

Ich tue so, als müsste ich kotzen, und sein Grinsen friert ein.

Dann küsse ich Simon. Direkt vor seinen Augen.

Und er küsst zurück. Und wie! Das ist sooo schön!

Plötzlich ist es mir total egal, was irgendwer über uns denkt.

8:05 Uhr

Wir lösen uns voneinander, und die Welt um mich herum kommt langsam zurück.

Justin starrt uns mit großen Augen an, und Lennard schmeißt sich weg vor Lachen, keine Ahnung, ob über uns oder über Justin.

Aber wen interessiert's?

Waren die Typen eigentlich immer schon so kindisch?

Wie konnte ich nur jemals glauben, die sind cool!

8:06 Uhr

Am Tisch neben den Jungs sitzen Amira, Till, Nadja und Fabienne.

Und so wie sie glotzen, haben sie alles mitgekriegt.

Amira lächelt mich an. Und Nadja jetzt auch. Puh!

Till guckt auf seinen Teller, aber seine Mundwinkel zucken verdächtig dabei.

Und Fabienne? Die starrt in ihren Becher.

»Willst du gerne bei denen sitzen?«, flüstert Simon mir zu.

Bei Amira und Nadja schon, aber bei Fabienne?

Ich schüttele den Kopf, und wir gehen weiter.

8:09 Uhr

Paula und Selina strahlen uns schon entgegen. Und Kai ist inzwischen auch da. Der Nerdtisch eben. Wer hätte gedacht, dass ich jemals hier sitzen würde? Und das auch noch gerne!

»Na, ihr Turteltäubchen?«, sagt Paula.

Ich verziehe das Gesicht. Hoffentlich geht das nicht ewig so weiter mit den blöden Sprüchen!

Simon und ich setzen uns auf die letzten freien Stühle.

»Hallo, Lena«, sagt Kai jetzt viel zu spät, und sein blasses Gesicht wird so rot, dass man die vielen Pickel darauf kaum noch sieht. Oh Mann! Er ist echt ein komischer Typ.

»Hi, Kai«, antworte ich, und er wird noch ein bisschen dunkelroter. Ich würde gerne noch was sagen, weil er mir leidtut, so verlegen, wie er ist. Aber was? Das Schweigen zwischen uns wird immer dicker.

»He, das reimt sich«, sagt da Selina in die Stille.

»Was?«

»Na, ›Hi, Kai‹, das reimt sich!«

»Und was sich reimt, ist gut«, murmelt Kai.

»Pumuckl!«, sage ich. Die Hörspiele habe ich als Kind immer gehört!

»Genau!« Wenn Kai so grinst, sieht er aus wie eine Tomate mit Ohren. »Hast du die Hörspiele früher auch gehört?«

»Klar.« Ich grinse zurück.

Vielleicht ist er doch gar nicht so blöd, wie ich dachte.

8:29 Uhr

Nach dem Frühstück müssen Simon und ich uns blöderweise schon wieder trennen.

Also nicht richtig natürlich! Nur um in unsere Zimmer zu gehen und die Sachen zu packen.

Obwohl, was heißt hier »nur«?

Eine halbe Stunde Trennung ist eindeutig viel zu lang!

8:32 Uhr

Paula und Selina sind schon im Zimmer, als ich reinkomme. Sie stehen in der Ecke neben ihrem Schrank und … Moment mal! Das ist nicht Selina, das ist Nadja!

Und warum stehen die da so komisch zusammen in der Ecke? Das sieht ja fast so aus, als ob sie knutschen würden!

8:33 Uhr

»Hi!«, rufe ich extra laut, und die beiden springen auseinander.

»Hi, Lena«, sagt Nadja mit komischer Piepsstimme. »Ähm … Ich geh dann mal.«

Ohne mich oder Paula anzusehen, flitzt sie aus dem Zimmer.

»Alles klar?«, frage ich Paula.

»Ja! Klar ist alles klar! Was soll nicht klar sein? Ich muss packen!«, blafft sie und steckt ihren Kopf in den Schrank.

»Ähm … Okay.«

8:34 Uhr

Ob Selina davon weiß?

Und Fabienne?

Nein, Fabienne garantiert nicht!

Paula und Nadja … Das hätte ich ja niemals gedacht!

Paula steckt immer noch halb im Schrank. Sie sieht nicht so aus, als ob sie darüber reden wollte.

Na ja, eigentlich geht es mich ja auch nichts an.

8:51 Uhr

Ich bin extra früh in der Lobby, weil ich unbedingt zu Simon wollte. Er ist zwar noch nicht da, aber dafür sitze ich endlich mal in einem orangen Sitzsack!

Yeah!

8:52 Uhr

»Na?« Simon steht vor mir.

»Na?«, frage ich zurück.

»Ist da noch Platz?«, fragt er und zeigt auf meinen Sitzsack.

Er will doch nicht etwa …

Hilfe!!!

8:53 Uhr

Ich sag's mal so: Zu zweit auf einem Sitzsack sitzen zu wollen ist keine gute Idee!

Stattdessen liegen wir jetzt zu zweit NEBEN dem Sitzsack.

Hat auch was, so ganz dicht neben Simon zu liegen … Aber auf dem Sitzsack war es eindeutig bequemer!

8:54 Uhr

Man kann auch zwei von den Sitzsäcken ganz dicht nebeneinanderschieben und dabei Händchen halten. Und wenn man sich ein bisschen rüberbeugt, kann man sich sogar küssen …

8:55 Uhr

Da vorne kommen Paula, Selina und Kai. Paula wuchtet ihren riesigen Rucksack vom Rücken und stellt ihn zusammen mit Selinas schwarzem Koffer an die Seite, neben meinen Koffer mit dem Strandkorbbild. Kai lässt sich einfach mit Rucksack in den dritten Sitzsack fallen, und Paula und Selina schnappen sich Sitzsack Nummer vier und fünf.

»Na, ihr Verliebten?«, sagt Paula grinsend. Ich ziehe die Augenbrauen hoch. Die muss gerade reden! Na ja, ganz ohne Sprüche geht es bei Paula wohl einfach nicht.

Und ganz ehrlich? Ich werde sie vermissen, wenn wir wieder zu Hause sind.

8:56 Uhr

Also Paula natürlich! Nicht die dämlichen Sprüche. Wobei, wir sehen uns dann ja wieder jeden Tag in der Schule …

Aber daran will ich jetzt noch gar nicht denken!

8:57 Uhr

Jonathan und Murat kaufen Postkarten. Oh nein, ich habe total vergessen, eine an Mama und Papa zu schicken! Aber noch ist es nicht zu spät …

»Ich muss mal kurz da hin«, sage ich zu Simon und flitze zum Tresen.

8:58 Uhr

Klarer Fall: Ich nehme natürlich die, auf der auch der Kaninchenstall mit dem falschen Mümmelchen abgebildet ist! Die gebe ich meinen Eltern einfach, wenn ich wieder zu Hause bin. Mit der Post wäre sie schließlich auch nicht viel früher angekommen.

8:59 Uhr

»Schreibst du auch was über mich?«, fragt Simon.

Ich stehe am Rezeptionstresen und habe gar nicht gemerkt, dass er mir beim Schreiben über die Schulter guckt.

Statt einer Antwort halte ich ihm die Postkarte hin.

»Die Klassenfahrt war total schön«, liest er. »Das ist alles?«

»Das ist eine Postkarte an meine ELTERN!«, stöhne ich.

Er grinst. »Schon klar!« Dann wird er auf einmal ernst. »Übrigens: Ich fand's auch total schön. Also die Klassenfahrt. Also mit dir.«

»Ich auch«, sage ich mit rauer Stimme.

Seine grünen Augen in meinen ... Und dieses Kribbeln in meinem Bauch ... Eigentlich ist »schön« ein viel zu harmloses Wort dafür!

9:00 Uhr

Als ich mit der Postkarte fertig bin, sind unsere Sitzsäcke natürlich nicht mehr frei, aber egal. Inzwischen sind fast alle in der Lobby angekommen, auch Nadja und Fabienne. Nadjas Koffer hat ein türkis glitzerndes Zickzackmuster und auf Fabiennes ist der Eiffelturm abgebildet. Auch in Glitzer.

Nadja und Paula beachten sich kein bisschen. Vielleicht habe ich mir das vorhin ja auch nur eingebildet?

9:03 Uhr

Fabienne flirtet mal wieder mit Lennard, und plötzlich lächelt Nadja Paula an. Und Paula lächelt zurück. Und WIE die sich anlächeln!

Also doch!

Ich drücke Simons Hand, und er beugt sich zu mir rüber und küsst mich sanft auf die Lippen.

Ob die zwei sich das irgendwann auch mal trauen? Ich würde es ihnen echt wünschen! Sie sind bestimmt ein total süßes Paar!

9:10 Uhr

Genau wie auf der Hinfahrt sitzen Justin, Lennard, Fabienne und Nadja wieder ganz hinten im Bus. Lennard erzählt irgendeine Story, und Fabienne himmelt ihn dabei an. Aber trotzdem ist alles anders.

Denn erstens sitzt Paula in der Reihe vor Nadja und flirtet total heftig mit ihr. Ich glaube, lange halten die das nicht mehr geheim! (Nur Fabienne kriegt nichts davon mit, weil sie so auf Lennard konzentriert ist.)

Und in der Reihe davor schmiegen sich Till und Amira aneinander. So glücklich wie jetzt hat sie noch nie ausgesehen!

Und ich? Ich winke Amira zu und setze mich dann mit Simon noch zwei Reihen davor.

Wer hätte das alles bei der Hinfahrt gedacht?

9:11 Uhr

»Komisch, dass gleich alles zu Ende ist«, sage ich zu Simon.

»Was ist zu Ende?«, fragt er. Seine Stimme klingt plötzlich ganz anders als sonst. Irgendwie unsicher …

»Na, die Klassenfahrt und so!«, sage ich extra fröhlich.

Simon sieht knapp an mir vorbei. »Auch das … mit uns?«

»Nein! Natürlich nicht! Oder … willst du das etwa?« Plötzlich bin ich auch unsicher.

Er sieht mich an und sagt: »Ich will, dass es nie zu Ende ist.«

Er will, dass es nie zu Ende ist!!!

»Ich auch nicht!«, rufe ich.

Und dann küsse ich ihn, bis der Bus ruckelnd vom Hof fährt.

Und dann küsst er mich.

Und dann wieder ich ihn.

Und am liebsten würde ich nie wieder damit aufhören!

Danksagung

Ich danke:

Herrn Kriminalhauptkommissar Stefan Hellwig von der Polizei Kalkar für die nette und sehr kompetente Beratung zum Thema Cybermobbing und Nacktfotos.

Wiebke für das Testlesen und die tolle Beratung.

A'isha für das Testlesen.

Meinen Eltern, die mich immer unterstützt haben.

Meinem Mann Alexander – für einfach alles.

Linde Müller-Siepen und allen Mitarbeiterinnen und Mitarbeitern des Boje Verlags, die dafür gesorgt haben, dass es dieses Buch jetzt wirklich gibt.

Und natürlich euch, lieben Leserinnen und Lesern – für euch schreibe ich das alles! Ihr seid die Besten!

So einen Ames-Raum, den Lena und Simon in dem Museum erkunden, gibt es übrigens wirklich in einigen Museen. Sucht mal im Internet nach Videos zu dem Thema, das sieht ziemlich verrückt aus.

Den Text des Klopapiersongs findet ihr natürlich auch im Internet. ;-)

Und, ganz wichtig: Niemand darf Nacktfotos oder -videos von dir machen, weiterschicken oder veröffentlichen! (Und übrigens auch keine anderen Fotos, wenn du das nicht willst.)

Falls dir so etwas passiert, hol dir bitte Hilfe! Erzähle zum

Beispiel einer Freundin, deinen Eltern, einem Schulsozialarbeiter oder einer Vertrauenslehrerin davon. Hilfe und Beratung findest du auch unter www.juuuport.de.

Dieses Buch wurde gefördert durch ein Künstlerstipendium im Rahmen der NRW-Corona-Hilfen.

Ministerium für
Kultur und Wissenschaft
des Landes Nordrhein-Westfalen